Rosa Egipcíaca, Afeto de Deus

BÁRBARA SIMÕES

Rosa Egipcíaca, Afeto de Deus
ROMANCE

Todos os direitos desta edição reservados à Malê Editora e Produtora Cultural Ltda.
Direção: Francisco Jorge & Vagner Amaro

Rosa Egipcíaca, Afeto de Deus
ISBN: 978-65-85893-14-5
Edição: Vagner Amaro
Capa: Dandarra Santana
Diagramação: Maristela Meneghetti

Texto revisado segundo o novo Acordo Ortográfico da Língua Portuguesa.
Proibida a reprodução, no todo, ou em parte, através de quaisquer meios.

Dados internacionais de catalogação na publicação (CIP)
Vagner Amaro – Bibliotecário - CRB-7/5224

S593r	Simões, Bárbara
	Rosa Egipcíaca, Afeto de Deus. / Bárbara Simões. — 1. ed. — Rio de Janeiro : Malê, 2024.
	ISBN 978-65-85893-14-5
	1. Romance brasileiro I. Título.
	CDD B869.3

Índices para catálogo sistemático: 1. Literatura brasileira : Romance B869.3

Editora Malê
Rua Acre, 83, sala 202, Centro. Rio de Janeiro (RJ)
www.editoramale.com.br
contato@editoramale.com.br

Sumário

Nós, os Devotos 15
Caetano Pereira 43
Faustina 65
Brás 81
Ana Garcês 99
Frei João Batista 119
Dores 133

Eu não me importo se queimaram tudo o que escrevi e que me foi revelado da parte do meu senhor na *Sagrada Teologia do Amor de Deus Luz Brilhante das Almas Peregrinas*. Nada pode mudar o que a pena marcou em tinta, porque a profecia, a visão e a vontade de Deus são poderosas. Ninguém pode contra Deus.

Depois do dia da minha provação, no ano do nascimento de Nosso Senhor Jesus Cristo de 1762, há doze meses atrás, foi registrado em tinta e com letra bordada por aquele padre comissário do Santo Ofício Pereira de Castro e diante dos outros dois santos sacerdotes meu depoimento. Eu vi o registro, eu sei ler, e assinei com letra firme meu nome de santa. Rosa Maria Egipcíaca de Vera Cruz.

E então veio a solidão daquela cela miserável no Aljube em São Sebastião do Rio de Janeiro, e Deus teve misericórdia dos seus filhos que me maltratavam a mim, Mãe da Misericórdia e sua escolhida para a nova redenção dos pecadores ingratos, e assim foi adiado o dilúvio que viria das Minas e alagaria todas as ruas do Rio de Janeiro sem exceção em 1762, e submergiria os pecadores, e faria flutuar o Recolhimento do Parto, até que minha arca se encontrasse com a arca de Dom Sebastião, o Encoberto, para a glória do teu nome, Jesus. Ano passado, e Deus ia passar a argolinha no mundo, assim escrevi na *Sagrada Teologia do Amor de Deus Luz Brilhante das Almas Peregrinas*, mas os senhores não vão ler uma letra sequer disso, porque padre Agostinho queimou uma parte, e depois padre Francisco queimou o resto pelo seu amor a mim.

Agora o meu cais já sumiu há semanas, e espero ver um novo

em breve. Até lá são léguas encobertas, talvez por nevoeiro, sempre por água. A água-líquido esverdeada move, junta, mistura. Nunca vi uma coisa tão infeliz como esta, de água separar os que amamos de nós. Eu e minhas filhas recolhidas. Eu e meu rei dom Sebastião. Água junta. Água tinha que só juntar.

    Misturei. Saliva, fezes, urina, vômitos, suores, sangue, medo da noite escura, sempre a noite escura. Santa Tereza d'Ávila, rogai por nós, embora meu querido padre-ministro, ele mesmo tenha me dito tantas vezes e às queridas minhas filhas recolhidas que a dita santa não passava de uma menina de recados perto de mim. Sua Rosinha.

    Os meus pulsos arrebentaram, ela é a santa da Igreja, mas o meu Afeto aparece é para mim aqui neste porão escuro e me diz que estou prestes a gozar. O corpo amortecido, em ferros, a alma gozará feliz, êxtase, delícia e amostra pequena de uma terra onde corre leite e mel. Não sei se esta viagem se parece com a outra. Qual é esta viagem? Poderia ter sido a outra e talvez seja. Não tenho certeza. Sim.

    Estou no porão. Ouço esses sons estranhos. Estão me chamando. Eu já estive neste navio antes, ou em outro maior que este. Naquela primeira viagem, ninguém me chamava. Mas eu me escondia debaixo de uma moça que chamei de mamã. Aquela moça cuidou de mim, tirou o vômito dos meus olhos, separou um pouco da porção que deram pra ela e pôs na minha boca pequena. Eu quis aquela moça, e ela me quis, mas ela foi tirada de mim depois. Ela estava ao meu lado no galpão e antes do cais, e depois na água e depois no outro cais, e no tablado, onde a gente ficou em pé sendo olhada por aquela gente estranha. E, por fim, seu rosto sumiu no meio daquelas pessoas sem pele, quando foi vendida para o senhor com olhos de gavião no tablado da rua Direita. Eu fiquei sozinha naquele tablado, fui a última a ser arrematada. Eu estava nu e acho que chorei ao ver que ninguém me queria comprar, porque eu era pequena. Eu não queria voltar para aquele navio, e então queria que uma senhora me comprasse. E me comprou o senhor Azevedo, que Deus tenha piedade da sua alma, que hoje sei que está ardendo no inferno.

Na escuridão, tenho a impressão de ouvir meu nome. O mar é traiçoeiro, na última tempestade, ele parecia ter aprendido cada sílaba, cada letra de mim. Estou aqui, meu amor. É você? Querido, estou aqui. Vamos, onde você está? Mais uma vez, toma-me. Sou tua serva. Oh, por favor, estou pronta. Arrebata-me.

Fiquei com os pulsos muito arrebentados a noite passada ou o dia passado, não sei, está escuro, eles não me deixam subir, e não sei medir o correr do tempo. Acho mesmo que a tempestade foi à noite, mas pode ter sido durante o dia, que escureceu tanto a um ponto de parecer noite. É difícil saber através destas frestas onde entra água salgada quando o mar se enfurece um pouco. Querido, venha, entre aqui. Meu corpo. Toma. Come.

Estou tonta demais para manter os olhos abertos, as ondas estão implacáveis, meu corpo é jogado de um lado para outro, as correntes vão cavar novos buracos nos punhos, estou a ponto de vomitar, mas não há nada dentro de mim que possa mais sair, acho que desmaio brevemente, essas ondas, o barulho, ouço gritos desesperados naquele convés de antes, eu vi agora de novo o rosto da mulher que eu perdi, ela era a minha mamã, eu não sei, eu falei mamã, e ela sorriu, ela limpou meus olhos e chorou, e ela me deu um pouco da porção dela, eu comi, ela me escondeu quando os homens sem pele vieram buscar as meninas para o banho de sol no convés, ela me escondeu no cantinho do porão, e eu fiquei pequena, eles não queriam uma menina tão pequena, ela foi para cima, eles a levaram todos os dias, mas ela voltava depois, e eu dormia no colo dela no meio dessas ondas, havia um cheiro doce na água salgada, era o cheiro do corpo daquela mamã.

Acordei. Eles gritam demais, há uma piada no convés, uma notícia divertida, eu sei que estão falando do meu ministro Francisco e de mim, e acham muita graça em uma santa preta. Talvez me liberem afinal destes ferros, e passearei lá em cima, mas ter que servi-los será um peso, estou cansada, e prometi só o meu corpo para meu Afeto, e agora esses monstros começaram com isso, e já sei que não vão parar, e que vai durar toda a minha viagem até o próximo cais, há coisas que duram de um cais a outro. Tento me animar, verdade seja dita, hesitaram muito, alguns ainda hesitam. Este hábito marrom em farrapos me protegeu mais do que eu imaginava. E, ademais, espero a purificação que virá depois quando meu Afeto me tomar novamente, e isso pode ser aqui nesta viagem mesmo e antes do próximo cais. Não há como saber.

Eu devia gerar logo nosso filho, e este mundo seria redimido, este mundo anda muito distante do seu propósito de redenção, eu estou tentando, não desistirei, nunca e nem depois do próximo cais, seja como for.

Entraram os raios de sol pelas frestas, sei que é dia, e a portinhola se abriu, e estão me chamando, é aquele homem mais novo de bigode cor de caramelo, ele veio, desceu faceiro, mas sei que está me encarando com os olhos mais perversos, deve estar estranhando o vômito ou os sulcos nos punhos, ou a aparência de uma santa negra com cabelos raspados e sem véu. Se soubesse que meus cabelos são relíquias, se soubesse que as minhas filhas do Recolhimento guardavam cada fio em uma caixa de prata, se soubesse que a Irmã Ana do Coração de Jesus queimava os fios, misturava as cinzas com a água em que eu lavava meu rosto, se soubesse que acrescentavam a essa mistura um punhado de açúcar e uma gota de vinho, se soubesse que duas colheradas dessa maravilhosa poção curavam qualquer doença de qualquer um dentro e fora do convento, esse homem do bigode caramelo estaria ajoelhado aos meus pés.

    Ele me soltou dos ferros, e subi ao convés, santo Deus, o sol está de cegar os olhos mais pretos, e fico parada assim sem poder conter o riso, o sol, estou quente. O homem do bigode caramelo me estendeu um balde, está me mandando me lavar, é o que farei, ele fica olhando, arranca logo esse hábito, sua puta preta, não arranco nada, joguei a água por cima, vai secar assim, e se tu soubesses, seu infiel pecador, com quem fala e quem te pede água, seria tu que me pediria água, e eu te daria uma água viva. É por isso que você ficou naqueles ferros lá embaixo, pare de estrebuchar como se fosse endemoniada, não caio nesses truques, fique quieta, não precisa ofender ninguém, siga as ordens, o seu comparsa de enganação e mentira pediu tanto pra tirarmos você dos ferros, que o capitão mandou deixá-la aqui, assim, agora veja se mexe direito esse rabo e pague ao menos dessa forma a humilhação e a desgraça que é ter que levar e vigiar, alimentar e cuidar de uma santa falsa e preta neste barco.

    Estou ainda sem entender se esta viagem será mais longa que aquela outra, aquela viagem durou acho que foi uma vida inteira. O sol agora secou o leite que o homem de bigode cor de caramelo deixou escorrendo pelas minhas pernas, então sento-me à toa e acho que faço uma oração.

    O Francisco podia ser um pouco mais razoável às vezes.

    Há outro padre preso neste navio, um jovem herege que disse os mais agudos absurdos e que merecia a fogueira, e espero vê-lo queimar antes de ser santificada pelos homens doutos e santos que me glorificarão ao me ouvirem em Lisboa e compreenderem a glória de Deus. Padre Antônio Carlos Monteiro. Companheiro de travessia, vai comigo e com o ministro para a Inquisição neste navio, vai conosco ser ouvido pelos doutos senhores do outro lado desse mar escuro. E sei que vão me glorificar e entender tudo assim que me ouvirem. Esse padre Carlos-herege aqui riu-se demais quando me ouviu falar do cumprimento das promessas do Santíssimo Coração de Jesus ao padre Francisco. O sol e a luz não foram criados por Deus, pois todo movimento procede da natureza, disse o padre Carlos, e ainda disse isso rindo-se muito. Deus não existe. Não há Divina Providência. Por que Deus deixaria morrer uma família boa e viver um assassino? Jesus era um fingidor, e Maria nunca foi virgem. Seus idiotas. Presos porque ela fala que pode tirar as almas do purgatório com suas orações. Não há purgatório. Nem céu. Nem inferno. Você e essa preta vão morrer por nada. Porque não há purgatório, nem alma, não há nada, homem e animal morrem igualmente. O papa é um homem qualquer, os bispos somente acumulam dinheiro, e um padre simplório como o senhor, Francisco, o que amealhou a vida inteira? Com o que veio para este infortúnio? Pouco dinheiro, pouquíssimo, que mal pagará as despesas do seu próprio julgamento. Quantos escravos tinha? Um só, um cabra Brás que foi vendido para que o senhor não morresse de fome naquele Aljube onde passou o último ano no Rio de Janeiro. Quanto dinheiro acha que tem o dom Antônio do Desterro? Quantos escravos a mais que o senhor? Também não gozará de nada o infeliz, porque vive adoentado, e espero que morra logo. O que a senhora quer? Fornicar com o padre seu ministro? Fornique à vontade com ele, que isso nunca foi pecado. Não invente nomes para o afeto que tem pela carne dele. Louca. Louco. Loucos.

    Meu ministro se benze três vezes, eu apenas fecho os olhos e vejo as labaredas que vão queimar o corpo desse padre Carlos para salvar sua alma. Até no infortúnio o demônio tentador espreita nossas almas. Quer roubá-las. Mas não terá seu prêmio. Tudo o que acontece faz parte do plano de Deus. Ele enxugará as lágrimas da solidão, e não haverá morte ou choro, porque essas meras coisas passarão, o Senhor assim disse, sentado no trono, eis que eu renovo todas as coisas, e assim outro homem está chegando com aqueles olhos tão faceiros, já adivinho o que ele quer, penso que foi muito bom que eu não tenha tido o trabalho de me lavar e já me deito no convés, a madeira está quente, é uma coisa reconfortante sentir a madeira quente nas costas, fecho os olhos, acho que até adormeço, e Afeto me toma em seus braços. Quando acordo, estou na cela com o Francisco, ele acaricia os sulcos nos meus punhos e me embala. Esconda-me, meu ministro, esconda-me do mundo, que estamos sós, e este barco ainda acaba nos engolindo...

****

Nós, os Devotos

Merece esta testemunha crédito, pois é pessoa de vida conhecidamente perfeita, dada à oração, muito devota, e de louvável e honesto procedimento, e não seria capaz de faltar em coisa alguma por ter timorata consciência.

Apesar da importância fundamental e crucial de todas as beatas para a influência da religião nestes trópicos malditos, a verdade é que cada um de nós já sabia qual seria o resultado do julgamento de madre Rosa àquela altura do mês de fevereiro, e nossas certezas só aumentaram quando soubemos que dona Tecla, a melhor de nós todos e mais piedosa dentre tanta gente de bem, seria também testemunha do horrendo interrogatório que tirava nosso sossego nas noites abafadas do fim do verão.

Assim, muitos dos vizinhos e amigos do Recolhimento e até as noviças já haviam sido ouvidos quando Dona Maria Tecla de Jesus, cristã-velha, branca, nascida na América Portuguesa, solteira, 48 anos, devota e beata, moradora da Rua da Ajuda e frequentadora das igrejas de Santo Antônio, de Santa Rita e de Nossa Senhora da Lapa e da Candelária, levantou-se com dificuldade do banco do auditório eclesiástico da casa do comissário do Santo Ofício, o querido vigário geral Pereira de Castro, e preparou-se para sair daquele prédio largo. O escrivão, padre Amador dos Santos, que tudo anotara e posteriormente lera com voz solene e afetada para que dona Tecla desse o seu consentimento sobre o conteúdo do seu próprio depoimento, levantou-se com ela respeitosamente e a acompanhou até a porta. Abriu-a e tornou a fechá-la, que àquela hora do dia a rua já cheirava muito mal, com o calor do sol daquele litoral do fim do mundo levantando os odores dos dejetos atirados aos cantos pela gente de cor. Manoel, mulato escravo do comissário, apareceu tardiamente com muitas desculpas vindo de dentro de um dos cômodos da casa ampla e pôs-se a fechar o ferrolho da porta pesada atrás da dona Tecla.

— Sinhô padre, estava catando o feijão lá no fundo e não escutei a dona Tecla se encaminhando para a saída.

— Esqueça, Manoel. Eu quis me levantar, precisava esticar as pernas. Volte para os feijões.

— Sim, senhor.

O escravo sumiu pelo corredor da casa, já muito entregue à penumbra àquela hora da tarde, embora o dia dez de fevereiro fosse quente como o diabo. Com um suspiro e um gemido de dor pelo reumatismo das pernas, padre Amador voltou em direção à sala onde seu superior, o vigário geral Pereira de Castro, comissário do Santo Ofício que todos amávamos e temíamos, esperava-o para as devidas conclusões daquele dia fatídico. Padre Amador parou ao passar pelo segundo cômodo por cuja janela se via a rua da Ajuda ao longe e esticou o pescoço, vislumbrando a silhueta da beata Tecla descendo em seu passo encurvado e manco, apressado e nervoso. Sacudiu a cabeça e seguiu adiante, em direção aos escritos e ao vigário Pereira. Ela que se apressasse mais, porque haveria ainda um temporal naquela tarde, pelo aspecto das nuvens. Se bem que o que estávamos merecendo os moradores de São Sebastião do Rio de Janeiro e os beatos amigos da santa falsa talvez fosse um dilúvio mesmo, e dos legítimos.

    1762. Era o ano do dilúvio, como previra nossa santinha. E talvez as águas viessem a qualquer momento. Viriam desde o morro do Fraga, que chamávamos morro de Santana, e isso ficava além do Caminho Novo, além da Mantiqueira, além das picadas e das tribos selvagens de dentes tupinambás e puris arreganhados, além dos rios de águas escuras e dos penhascos traiçoeiros do caminho para as Gerais. Isso ficava lá perto a poucas léguas do Inficcionado e de Mariana, lugar de onde nossa preta Rosa viera já beata e convertida do meretrício para o Rio de Janeiro para cumprir o que lhe dissera o Sagrado Coração de Jesus. Morro do Fraga, morro de Santana. De lá, viria o dilúvio, conforme visão da nossa madre Rosa. De lá, as águas correriam até o litoral. Todos sabíamos. Todos temíamos. Todos esperávamos.

    Foi depois de ter sido chicoteada em praça pública em Mariana, que madre Rosa teve essa visão beatífica da fonte de Santana. Ela havia sido presa na matriz de Nossa Senhora do Pilar no Rio das Mortes. E, depois de padecer sete dias e sete noites na Cadeia, em frente ao oratório de Nossa Senhora da Piedade, foi levada em ferros para Mariana. Presa de novo, esperou a aplicação da lei. O bispo de Mariana, dom Manuel da Cruz, escreveu a condenação, o juiz de fora executou a lei. E foi chicoteada no pelourinho nossa santa, como embusteira, e depois saiu dali nos braços do Pedro Avelar e do padre Francisco e sumiu. Acontece que ficou na casa de dona Escolástica, a léguas poucas de Mariana. E ali se curou, e um dia teve uma visão, e mandou recado à sua dona, Ana Durão, e ao cunhado da dona, e ele foi com ela até o lugar da visão da preta beata e escrava, porque, chicoteada ou não, todo mundo via em Rosa uma santa, um sinal de Deus na terra. Então foram o Pedro Durão, e mais o padre Francisco, e mais um grupo de beatas, e a crioula Leandra, sua inseparável amiga, e assim subiram o morro do Fraga, e ali Rosa descobriu uma pedra com uma cruz lavrada e depois uma fonte de água. A fonte de Santana. Aqui devem fazer uma capela, falou a santa. Daqui, a água de nossa Senhora Santana há de jorrar e curar. E foi-se embora.

Não fizeram capela, mas então esperávamos o dilúvio, que ela afirmava agora que aconteceria neste ano de 1762. Do morro jorraria a água, a água inundaria o pecado das Gerais inteiro, que era largo e grande: as meretrizes e os que não temiam a Deus, os cristãos-novos e os infiéis, os sodomitas e os bígamos, todos seriam engolidos, exceto o Recolhimento. O Recolhimento do Parto se transformaria em grande arca a navegar rumo à costa da África. E ali nos encontraríamos com a barca de dom Sebastião, o Encoberto. Era a visão, e acreditávamos nela, e esperávamos o sinal.

— Mas essa visão foi feita para o dia da festa da encarnação em 25 de março, em 1759, e falhou. Aquele louco do frei João Batista do Capo Fiume que depois foi amarrado como louco varrido e mandado para Lisboa foi quem espalhou essa anedota de dilúvio. E um monte de gente enganada se reuniu no Recolhimento no fatídico 25 de março de 1759. Mais de cinquenta pessoas. E não houve dilúvio nenhum.

— Mas falhou a profecia naquele ano porque Rosa rezou naquele dia. Ela estava expulsa do Recolhimento, coitada. Estava justamente morando com a dona Tecla. E, no dia 25, rezou de lá, da igreja de Santo Antônio. As pessoas que haviam se refugiado no Recolhimento a viram descer. E não caiu uma gota na terra. Porque Deus ouviu a Mãe da Misericórdia e se compadeceu de nós.

— A mãe da misericórdia?

— Madre Rosa.

— Ela agora tem os títulos de nossa Mãe Santíssima?

— O que é dado por Deus não se discute. Ele deu os títulos a ela.

Maria Tecla sabemos que acreditava nisso também, mas não sabíamos se fizera confissão ou não ao comissário padre. E, depois daquela reunião com ele, em passo manco, chegou à rua da Ajuda antes do início da chuva com a graça de Deus. Fechou a porta atrás de si e passou os sapatos enlameados de barro nas pedras da soleira, entrando e deixando-se cair numa cadeira de encosto. Estava com dores nas pernas, nos braços, nas costas e na cabeça. Um dos biscoitos da madre Rosa poderia curá-la agora, mas isso não era mais possível. Não podia e nem convinha sequer andar até o Recolhimento, nem hoje nem nunca, enquanto durasse aquela provação. Que as chuvas descessem logo, que Deus não poupasse nem mesmo aqueles sacerdotes que a haviam interrogado e que na certa chamariam por santa Rosa no momento da aflição. Pouca gente temia verdadeiramente o Senhor naqueles dias, e a ira de Deus desceria implacável, como o chicote de Rosa descera uma vez na igreja de Santo Antônio, naquela manhã já tão distante de nós.

Rosinha. Ela nunca gostou que falassem dentro do templo, que conversassem em solo santo, mas aquela gente era pecadora e mal educada demais para herdar a Terra. E madre Rosa não tinha culpa, era o tal demônio Afeto que tomava conta dela, e, quando demos pela coisa, o lombo de dona Quitéria já estava machucado, e seu rosto branco de senhora da sociedade estava arruinado no gradil da igreja, Rosa não era de tolerar cochicho nem falatório em solo santo, e a dona tinha que ter entendido isso quando Afeto grunhiu para ela de dentro da boca da santa Rosa, mas não. Depois de cochichar enquanto devia ter permanecido de olhos fechados e meditativos, a dona Quitéria havia sido arrastada pelos cabelos em uma pirueta acrobática pela nossa santa negra, e sua cara gorda tinha ido direto se espatifar naquelas grades cinzentas e frias, e depois veio frei Alfama socorrê-la, e frei Manuel da Encarnação, e, com ódio no olhar, os dois franciscanos viram Rosa cair como morta no chão. Acontece que aquele episódio não foi como outros tantos corriqueiros. Porque dona Quitéria, coitada, fez tanto escândalo, que Rosa saiu expulsa da igreja com chutes e tapas, sob ameaças do frei Alfama, amigo da ofendida senhora. E o frei Manuel da Encarnação disse cuspindo as palavras que Rosinha era uma cachorra, uma embusteira, e jurou-lhe que lhe tiraria o hábito de recolhida franciscana, e bem que tentou, o juiz de crime foi chamado para prendê-la, mas o tenente Gaspar o impediu na última hora. Ninguém toca nessa serva de Deus, que ela não teve culpa de espancar dona Quitéria. É o diabo zelador dos templos que age nela. Não tem culpa. E assim vimos frei Manuel da Encarnação e frei Alfama jurarem que a tirariam dali. E então sabemos que foi expulsa do Recolhimento em 1758, por pecados escandalosos contados pela madre regente Maria Teresa e até pelo padre Agostinho, diretor espiritual de Rosa-embusteira, ao vigário geral do Rio de Janeiro. Rosinha saiu expulsa e no entanto e mesmo assim voltou, oito meses depois. Contra Deus ninguém pode.

A verdade é que a Flor do Rio de Janeiro já havia esculhambado muita gente de bem àquela altura em pelo menos cinco das nossas maiores capelas, e nem o padre Felipe de Souza com seus rapazes seminaristas escapara da ira do Afeto em um dia de chuva na Igreja de Santa Rita. Outro episódio assustador.

O padre Felipe, aliás, ouvimos que foi agora chamado também à casa do comissário, e foi um dos primeiros, e deve ter denunciado Rosa tanto quanto o padre Ferreira, que também foi chamado, e os dois sabemos que odeiam nossa santa. Esse bom padre Felipe português nunca gostou dela, e isso já era assim desde sempre e desde que nossa santa chegou ao Rio de Janeiro e foi morar em frente à Igreja Santa Rita, na casa da dona Maria de Pinho há onze anos atrás. Acontece que o padre Felipe, descendo a rua dos Pescadores, onde morava, foi chegar à igreja de Santa Rita numa manhã tempestuosa para ser informado do vexame que a preta forra havia aprontado com dois seminaristas do colégio dos Jesuítas e seus protegidos. Os rapazes falavam, riam, flertavam talvez dentro da igreja, e demos o azar terrível de ver o Afeto baixar em Rosa no meio da celebração, e ela esbravejou com os meninos, que saíram envergonhados e furiosos do templo, e prometeram vingança àquela preta que se vestia de franciscana e se fingia de endemoniada, e sabe Deus o que fazia naquele Recolhimento com aquelas meninas novas e brancas ali encarceradas naquelas santas paredes, e mais que tipo de imundície fazia com o padre xota-Diabos no escondido do claustro.

Seminaristas jesuítas do morro do Castelo, essa escória que nem devia mais ser levada em conta agora. Eles já haviam sido expulsos de todo o Reino, porque a justiça de Deus não falha. E, talvez, agora pensávamos, talvez haviam sido os seminaristas do austero colégio da companhia de Jesus, agora tomado pelas autoridades desde novembro de 1759, os causadores originais daquele infortúnio da nossa santinha preta. Quem sabe? Aflitos, esperávamos alguns de nós ao menos um pouco de discernimento da parte dos doutos sacerdotes responsáveis pelo zelo da sã doutrina, os comissários da Inquisição. Havia três no Rio. Padre Simões, muito velho, meio mameluco, e ainda dizia-se dele que tinha uma filha mulatinha. Depois, padre Bernardo, o carmelita. E o mais sério de todos, esse vigário geral que tudo fazia na diocese, porque o dom Antônio do Desterro vivia doente. Que tivessem discernimento ao julgar uma santa como aquela. Porque os jesuítas haviam sido escurraçados, haviam ido todos embora, culpados de conspiração para matar o rei de Portugal. E, se eram mesmo os jesuítas culpados de tão grave pecado, então santa Rosa fizera muito certo em brigar com aqueles seminaristas indisciplinados, que cedo já aprendiam o costume errado de padres errados. Então uns de nós culpávamos os jesuítas pela prisão de nossa santa. Outros culpavam dona Quitéria. E outros culpávamos a Maria Teresa , a regente daquele Recolhimento.

Coitada da Maria Teresa. Uma solteirona que depois descobrimos que tinha um filho, e essa verdade horrenda quem revelou foi a própria santa Rosa. E por isso Maria Teresa odiava a santinha, mas também a odiava porque era preta e regente de fato daquele Recolhimento onde ela era regente só de nome. Ela, branca e portuguesa, cristã-velha, era somente a secretária da madre Rosa. O bispo a nomeara regente. Mas quem mandava era Rosa, ela só servia para anotar seus escritos e fazer valerem suas ordens. E olhem lá.

Maria Teresa era uma criatura estranha. Às vezes parecia querer fazer tudo o que Rosa mandava, às vezes parecia acreditar em tudo. E às vezes parecia ter ciúmes, parecia desconfiar de Rosa, e talvez por isso tenha contado ao padre Agostinho aquela história sobre Rosa, o padre Francisco e a menina de oito anos, assunto que foi parar na mesa de dom Antônio do Desterro. São Tiago já disse, a língua, ou você a controla, ou ela te leva ao inferno. Então, alguns agora culpavam Maria Teresa pelas provações de Rosa.

Uma moça de família, filha do João Pedroso. Foi aliás lá na casa dele que Rosa e o padre Francisco ficaram hospedados quando vieram das Minas em 1751 e pouco antes de Rosa mudar-se para a casa da Maria de Pinho. Vieram para fazer cumprir a palavra de Deus, porque Rosa tinha visto lá no Rio das Mortes o Espírito Santo em pessoa em forma de pomba aparecer na sua frente e dizer a ela que tinha que aprender a escrever, que sua missão era grande nesta terra. E ela naquela época varria com a Leandra a igreja de São João Batista, a igreja do padre Carvalho, era o que fazia, mas Deus tinha planos. Então vieram o padre Francisco e essa preta beata, santa e forra para a casa do João Pedroso pai da Maria Teresa, e ali foi revelado primeiro àquela família o grande plano que Deus tinha para o Rio de Janeiro. Então Maria Teresa, que na época já tinha 28 anos e era pouco mais nova que Rosa, se tornou sua secretária e depois regente oficial do Recolhimento, e depois uma víbora traidora do mistério divino. Quem sabe? Porque, no dia do ataque de Rosa à dona Quitéria, vimos seus olhos de desprezo quando a madre foi escurraçada aos chutes da igreja. Talvez tenha gostado daquela provação que fizeram nossa santa passar. Talvez.

Mas o episódio de dona Quitéria, que tristeza lembrar disso agora. Um desastre verdadeiro, até porque sabíamos da sina triste que essa dona passava, e do quanto precisava dos passeios à igreja, e de quanto precisava conversar com as amigas, e de quanto eram legítimos seus cochichos na missa santa, e do quanto ajudava com caridade e ricas esmolas na manutenção do próprio Recolhimento. Mas santa Rosa era infalível, ou seu demônio Afeto ao menos, o espírito zelador dos templos, e Rosinha afinal nem tinha culpa, e então o mesmo cordão que lhe amarrava as vestes santas e pobres de franciscana descia no lombo dos que se comportassem mal nas igrejas das Gerais e do Rio de Janeiro, e por exemplo a moça Ana Maria havia suportado aquilo tudo quieta, tomara uma surra da preta Rosa na mesma igreja de Santo Antônio por seus cochichos na missa, e depois até se tornara uma das recolhidas, emprestando com amor duas coisas essenciais para tornar aquele Recolhimento respeitável: sua brancura e sua pureza. Mas, diferente da portuguesinha Ana Maria, dona Quitéria não era de suportar coisa alguma com seu marido muito amigo do frei Manuel da Encarnação, e tudo o que vimos na tarde em que ela levou uma surra de madre Rosa – ou melhor, do Afeto, o demônio zelador – era que haveria troco para tão absurdo atrevimento de uma ex-escrava prostituta e suja. Uma coisa que nunca os mais parvos entenderam é por que um demônio era chamado de Afeto, e por que ele era tão preocupado em zelar os templos, já que era um demônio, mas tudo isso, assim como o mistério da Santíssima Trindade e da virgindade de Nossa Senhora, compreendíamos que estava muito além da nossa ignorância.

    Desanimada, dona Tecla ouviu as badaladas do sino da igreja de Santo Antônio ao longe e pensou em sair e rezar, mas teve medo. Escureceria em breve, o diabo andava à solta, e ela sentia as costas gelarem, apesar do calor abafado do dia. O padre Francisco xota-Diabos andava cabisbaixo e já não exercia seu ministério todos os dias, mas o demônio teimava em fazer seu serviço diário, e logo não haveria mais salvação às almas daquela cidade que não encontrassem um exorcista dedicado em apaziguá-las. Dona Tecla sentiu doídas saudades do Recolhimento e da amiga madre Rosa, e por fim admitiu para si mesma que tinha muito medo de ser vista entrando naquele lugar, medo maior que do próprio Satanás. Mas tudo isso não era obra dele mesmo, como havia previsto a santa?

— Sinhá? — Um chamado repetido a retirou afinal de seu estado de meditação.

— O que foi agora, Marta?

A escrava hesitou, torceu as mãos.

— Sinhá, acontece que estão aí o doutor Francisco Moreira e a dona Ana, mais a irmã dela, a viúva do falecido Xavier, dona Isadora, e mais o irmão delas, o Joaquim Pedroso.

Maria Tecla se levantou, despertando de pequeno transe, e fez um sinal à escrava, ordenando que entrasse em sua humilde sala a pequena comitiva de devotos de santa Rosa. Sorriu ao vê-los ali, e mandou que a escrava fosse à cozinha providenciar um gole de água àquela gente que havia se aventurado além do chafariz e pela Rua da Ajuda abaixo. Limpou o suor da testa e deixou-se cair numa das cadeiras, assim que viu sentados e acomodados os quatro visitantes em sua sala. Isadora lhe deu as mãos.

— Como foi, minha amiga? A senhora parece muito pálida.

— Eu precisava do meu Manoel Tecla vivo, mas, infelizmente, Deus teve outra vontade.

— Escute, dona Tecla. Não vai acontecer nada, e isso tudo é parte dos planos de Deus, como a nossa santinha já previu.

Dona Tecla concordou com a amiga devota fazendo um aceno com a cabeça ao doutor: era aquele médico Moreira grande autoridade e alívio nosso junto com os remédios e poções de madre Rosa, mais os exorcismos do padre Francisco e mais as nossas penitências. Mas àquelas alturas a dúvida que o diabo plantara para impedir a obra de Deus já criara raízes também no coração da beata Tecla. Algo a perturbava mais que tudo:

— Onde está a pintura?

—Ninguém sabe... — O cirurgião coçou o bigode, falando em voz baixa. — Entregamos ao padre Francisco, como combinado. Mas não sabemos onde ele pôs.

— Misericórdia... perguntaram da pintura sem parar.

— O vigário geral lhe perguntou sobre a pintura?

— Oh, sim. Muitas vezes, e estava muito preocupado com isso. De alguma forma, ele já sabia da pintura. Alguém contou. E considerou grande heresia uma pintura dessas. Confessei que a tive na minha casa.

O doutor Moreira se mexeu na cadeira, e sua cunhada Isadora suspirou:

— É porque não sabem das graças recebidas pela santidade de madre Rosa. Então, não sabem.

— O vigário me perguntou sobre seu filho, Isadora.

— Ora, então ele já sabe. E o que lhe disse?

— Disse o que tinha de dizer, das profecias de madre Rosa, e do falecimento do nosso menino Antoninho, que teria sido papa.

— E do que madre Rosa disse depois do falecimento do anjinho?

— Também, também.

Joaquim Pedroso levou a mão à testa como se revivesse o falecimento de seu pequeno sobrinho, que teria sido papa se não tivesse falecido há um ano atrás, segundo profecia de madre Rosa.

— Senhoras, não sei o que fazer, mas acho mais prudente jurarmos sempre que estamos com a Igreja e pela Igreja, o que é a verdade. E, se Rosa é uma embusteira e tem pacto com o diabo, como dizem...

— O senhor não sabe o que diz.

— Deixe-me ao menos terminar, dona Tecla. Eu tenho muitas dúvidas, e não quero ver minha família nos cárceres da Inquisição. Se ela é embusteira e mentirosa, que seja presa, e, se for santa, sua santidade há de salvá-la. Não preciso ajudar uma preta forra que disse que meu sobrinho não seria mais papa porque simplesmente minha parenta distante fez um casamento errado, e isso quatro anos depois de ter o frei Agostinho anotado cada movimento da nossa criança. Ou dizer que meu cunhado Xavier, o falecido marido da minha irmã Isadora, pai do anjinho, está no purgatório padecendo, e que só ela-Rosa-santa pode tirá-lo de lá. E, se querem saber, confirmei a história da profecia do Antoninho ao vigário, e ele que faça bom proveito com ela.

— O senhor está colocando em risco a vida da sua própria irmã Maria Teresa, a regente do Recolhimento, e ela é minha cunhada tanto quanto é sua irmã.

— Isso nada tem a ver com dona Maria Teresa, meu caro Francisco Moreira. A minha irmã Teresa inclusive concorda comigo, e foi ela quem primeiro denunciou alguns dos devaneios de Madre Rosa para o frei Agostinho, isso na época em que ela saiu corrida do Recolhimento para vir morar na sua casa, dona Tecla.

— Aquilo foi obra do senhor das trevas, os senhores sabem. — Dona Tecla se abanou com uma das mãos, cansada daquela conversa. Estava claro que alguns de nós já desconfiávamos da obra de Deus, já colaborávamos com a obra de Satanás, denunciávamos Rosa e o bom padre Francisco xota-Diabos, ou deixávamos saírem informações que deviam permanecer no segredo de nossa intimidade com madre Rosa. — Fico assustada ao ouvi-lo, senhor Joaquim Pedroso, depois de tudo o que vimos e testemunhamos, como o senhor desconfia da santidade de nossa santa?

Ele se levantou, com raiva, e puxou a irmã, a viúva dona Isadora. Sua outra irmã ali presente, a dona Ana, era casada com o cirurgião Moreira, e ele não ousaria puxá-la.

— Eu estou é muito cansado, preciso de um pouco de sossego. No dia em que fui interrogado, pensei que levariam presas minhas três irmãs, especialmente Maria Teresa, por ser secretária da Rosa, ou Isadora, por ter ficado meses naquele Recolhimento enquanto eu estava em viagem nas Gerais. E sua esposa, senhor Moreira. — Ele apontou para Ana, sentada e muda como pedra ao lado do cirurgião. — Eu me refugiei com todos os meus escravos e familiares no Recolhimento quando madre Rosa fez a profecia do dilúvio há três anos, e não lhes parece estranho que nada tenha acontecido? Nem uma gota de chuva?

— Senhor, para isso que rezamos, e Deus segurou as águas do dilúvio dentro das nuvens naquele dia. Mas haverá outro dilúvio este ano, e esse será definitivo...

Ele riu-se agora da credulidade de seu amigo cirurgião e suspirou:

— Dona Tecla, espero que fique bem, e espero sinceramente. Peço que não envolvam mais meu nome nessas falsidades. Já fui inquirido pelo Santo Ofício, obedeço minha Igreja e confio na palavra do frei Manuel da Encarnação. Passar bem todas as senhoras.

E foi assim que um dos maiores devotos de Rosinha (ou da santa madre Rosa Maria Egipcíaca da Vera Cruz, a Flor do Rio de Janeiro, ex-escrava, ex-prostituta das Gerais, africana, forra, santa, orientanda espiritual do frei Agostinho, orientanda e ovelha do padre Francisco, Mãe da Misericórdia, esposa da Santíssima Trindade, sexto Sagrado Coração, possuída desde sempre do demônio Afeto e nossa primeira e única santa preta da América

Portuguesa), foi assim que Joaquim Pedroso saiu pela porta de dona Tecla acompanhado da aflita dona Isadora pela fétida rua da Ajuda afora rumo à sua casa na rua da Alfândega. Em três meses, assim como o Xavier há exatos 3 meses passados antes dessa desgraça, morreria também o Pedroso de causas desconhecidas. Acontece que ninguém pode contra Deus.

    Quando o Joaquim Pedroso morreu, depois que nossa santa já estava presa, ficamos pensando na morte de Xavier, no ano anterior, quando ainda não sabíamos das provações que enfrentaríamos naquele ano próximo. O enterro do senhor Xavier havia sido muito simples, como cabia à ocasião, e logo soubemos por que ele havia morrido, assim como soubemos que sua alma padecia no purgatório, e que dona Isadora havia levado umas lambadas dele em dias anteriores àquele infortúnio, porque os hematomas daquela vez eram muito visíveis em seus braços e em seus olhos. Aqueles dias eram confusos, e a morte de nosso querido vizinho havia dividido ainda mais nossas opiniões. Inevitavelmente, alguns de nós fomos ao Recolhimento na hora da Santa Missa e tivemos oportunidade de rezar a Salve-Rainha, ouvindo as vozes fracas das recolhidas, e recebemos a comunhão ao lado de nossa santa Rosa, Mãe da Misericórdia.
    — Sou a Mãe da Misericórdia, e Maria mãe de Jesus é a Mãe da Justiça. Venham a mim todos vocês, cansados do peso de seu fardo, e eu os aliviarei, porque sou o sexto Coração Sagrado.
    — Amém.

— Coração de Jesus, Coração de Maria, Coração de São José, Coração de São Joaquim, Coração de Santana, Coração de Santa Madre Rosa Maria Egipcíaca de Vera Cruz.

— Rogai por nós.

— O irmão Xavier padece no purgatório, assim como o frei Agostinho, mas rezamos aos dois muitas missas, e vamos tirá-los de lá com orações e pela intercessão de nossa santa Rosa. Beijem os pés da madre do Recolhimento e recebam por eles todas as indulgências, e retirem esses irmãos do sofrimento de que padecem, porque as labaredas ardem, mas as graças serão infinitas.

O padre Francisco pegou o incenso, e sabíamos que ia incensar Rosa.

Ela então depois de bem incensada foi até o coro, em transe e bailando, como era de seu costume, pondo-se ao lado do padre Francisco, e um a um fomos beijando-lhe os negros pés, e pedíamos pelas almas dos pecadores. Pensávamos intimamente em cada parente nosso falecido e pensávamos em nós também, e cada um de nós queria sair do inferno e escapar do fogo eterno, então rezávamos como quisessem que rezássemos, e por isso aquele pescador da ilha de Paquetá muito devoto e muito nosso irmão também, ele se sujeitou a beijar aqueles pés pretos da preta forra, mas agora diz que era uma embusteira e pede perdão, senhores, jura que pecou, mas por sua culpa, sua tão grande culpa, e pede à Virgem Maria e aos santos e santas que o perdoem e que o ajudem a seguir no caminho da retidão, amém.

— É verdade que a preta Rosa declarou que a alma de frei Agostinho e do senhor Xavier padeciam no purgatório?

— Sim, senhor vigário, e que tínhamos que beijar seus pés,

e que ela, com sua intimidade com o menino Jesus, tiraria essas almas de lá, daquele fogo.

— Que intimidades?

— Ele vive no colo de Rosa, e acharam a imagem do menino no colo dela várias vezes, lá no Rio das Mortes e depois aqui em São Sebastião do Rio de Janeiro, depois que já havia a estatuazinha do bebê divino sido trancada no oratório pelo próprio padre Francisco!! E disse Rosa que ele vem à noite em seu quarto, que mama em seus peitos, e depois lhe desembaraça os cabelos crespos, que ela agora deixa crescerem muito longos e encrespados, porque o menino-Deus gosta de brincar com eles, e porque o padre Francisco, ele corta as pontas dos cabelos de Rosa, ele queima os fios, pega as cinzas, mistura na água em que a santa banha o rosto, adiciona uma gota de vinho tinto, açúcar, mistura, e ele nos dá uma colher dessa poção, e ficamos curados das nossas enfermidades. Eu fiquei curado, senhor vigário, e posso jurar. Rezei depois esse rosário de Santana que ela inventou, e também fiquei curado de uma tosse antiga e persistente.

— E essa é a mesma preta que o próprio frei Agostinho, seu orientador espiritual, que Deus o tenha, expulsou do Recolhimento há três anos. Sabe do que foi acusada na época? Eu mesmo cuidei daquele caso.

— Olha, senhor vigário geral Pereira de Castro, na época, ela foi acusada de coisas muito baixas, que nem posso repetir...

— O senhor deve falar para a glória de Jesus Cristo e de Maria, Sua Mãe Santíssima.

O pescador suspirou, e a imagem de Judas Iscariotes lhe passou pelo pensamento, mas ele afastou aquela tentação para longe, porque a obediência à Igreja é a primeira virtude de qualquer pecador.

— Ela foi acusada de ficar assim muito tempo no quarto com padre Francisco, e que ia até lá à noite só com as roupas de baixo, e dizem que levava uma menina de oito anos a esses encontros.

— Uma das recolhidas?

— Uma freirinha, sim senhor.

Padre Amador anotou aquela imundície no seu livro, sem saber que reações aquela declaração insólita despertava no vigário geral. O devoto arrependido da Ilha de Paquetá continuava:

— Então, o frei Agostinho teve ódio de sua orientanda e duvidou da madre Rosa, eu não sei, mas eles brigaram. E o frei Alfama leu aquelas mil páginas da *Sagrada Teologia do Amor de Deus Luz Brilhante das Almas Peregrinas* e disse que eram pura heresia, aquele livro, e então disse ao frei Agostinho essa verdade. Ele então tentou queimar os escritos da sua orientanda espiritual, mas não conseguiu queimá-los todos, porque eles pulavam da fogueira. Os papéis pulavam, e disseram que aquilo foi milagre.

— Sei. E por hoje basta de absurdos. Reze o Credo e peça perdão a Deus por acreditar em mentiras e vá para casa.

O padre Amador viu sair o homem e suspirou.

— Que dia vai mandar prenderem a embusteira?

— Não vou continuar nesse processo, tenho mais o que fazer do que julgar embuste de preta forra. Lidei com ela há três anos quando o frei Manuel da Encarnação veio junto do próprio Agostinho denunciar seus devaneios e indecências, e não imaginava que continuaria com seus sonhos de grandeza. Na época, entendi que estava resolvido. — O vigário esfregou a testa, com raiva. — Mas não consigo entender como ela foi voltar ao Recolhimento em menos de oito meses após a própria expulsão e continuar com seu séquito de fiéis.

— O frei Agostinho... que Deus o tenha... Sempre muito simplório, assim como o próprio Francisco xota-Diabos... — Padre Amador suspirou, ajeitando os papéis que havia preenchido com os depoimentos dos moradores das paróquias de São Sebastião do Rio de Janeiro. — Mas mesmo tão simplório, me assustou a forma como Agostinho, o provincial dos franciscanos, praticamente adotou a preta forra como santa e incentivou todo o tipo de impropério.

— É o que parece. Precisou frei da Encarnação se opor a ele. E frei Alfama.

— Precisou também a regente Maria Teresa criar um pouco de juízo e denunciá-la...

— Estou sinceramente cansado e vou passar o processo para o carmelita Bernardo assim que puder. Somos três comissários do Santo Ofício no Rio de Janeiro. Eu, ele e o padre Simões, que está muito velho e anda adoentado. Então, Bernardo que conclua isso tudo como lhe convier, tenho mais o que fazer, com todo o trabalho do bispo despejado em minhas costas, que Deus o proteja e fortaleça.

— E a santa preta disse que ano passado o nosso bispo dom Antônio não foi ao Reino em viagem porque ela assim previu e rezou.

— É o fim. Ele não embarcou para Lisboa porque não aguenta sair de casa e caminhar à esquina. Ela se acha bem grande profetiza para dizer por que dom Antônio não viajou...

— Mas agora essa mulher contaminou a cidade, e afastar esse cancro é urgente.

O vigário se levantou, suspirando e batendo os pés para ativar a circulação. Chegava ali a próxima testemunha.

— Oi, senhor padre, senhor vigário. Suas bênçãos. Louvado seja o Senhor e sua Mãe Santíssima. Com suas licenças.

Aqueles interrogatórios secretos eram longos e cansativos, e o mês de fevereiro fazia tudo ficar pior, com o abafamento e a catinga que invadia nossas narinas todas as tarde sem exceção, e o calor fedorento parecia querer engolir nossos corpos moles a qualquer momento, e talvez alguns de nós naqueles dias começássemos até a ter sonhos com o dilúvio que Rosa previra, ao menos seria um alívio refrescante no meio daquele inferno quente. O fim do mundo podia ser até aprazível.

— E então o Recolhimento se transformaria em grande arca, a navegar, porque o dilúvio, esse viria mesmo é das Gerais, lá do Morro do Fraga, onde Nossa Senhora Santana disse à preta Rosa que fundasse uma Igreja de Santana...

— Parem de dizer "Nossa Senhora Santana". É Senhora Santana. Ou simplesmente Santana.

— É como Rosa chama a avó de Deus, senhor, é como ela nos ensina a chamar a mãe da mãe de Deus...

— Essa mulher não tem autoridade para ensinar nada! — O vigário agora se levantou, estava a ponto de ter um ataque de fúria, estava cansado e provavelmente impaciente também pelo fim daquela época abafada. — Os ouvidos dessa gente se deixam guiar por coisas!! O que ensina a Santa Igreja? "Nossa Senhora, só uma: Mãe de Deus."

— Então, senhor vigário. Mas ela diz que ela própria é Mãe da Misericórdia. E que Maria é Mãe da Justiça.

O vigário voltou calmamente à mesa, tentando se recompor.

— Uma preta forra. Tinha graça. E o que mais sobre o dilúvio?

— Eu a ouvi dizer que do morro do Fraga virão as águas, afundando todas as Gerais e seus pecados, e então toda a cidade de São Sebastião do Rio de Janeiro, e então e depois disso o Recolhimento há de virar uma grande arca e flutuará até a costa da África, onde ela encontrará dom Sebastião em grande navio. Suas recolhidas serão noivas dos marinheiros de dom Sebastião, e Rosa há de ser a esposa dele, e gerarão o Cristo de novo, que redimirá o mundo.

O vigário sacudiu a cabeça.

— Já se confessou ter acreditado nisso?

— Sim, senhor.

— E o que mais? Por que o frei da Encarnação indicou o nome da senhora como testemunha? Tem ideia?

A jovem suspirou, levemente perturbada, e esfregou as mãos suadas.

— Acho que porque eu saí do Recolhimento. E porque quase morri nele. A madre Rosa diz que estou fazendo o serviço de Lúcifer fora dele, e diz isso há muito tempo.

— E desde quando saiu?

— Desde uma tarde horrível, em que me puseram no centro do coro da igreja e começaram a gritar. E a pequenina Francisca começou aquela gritaria: "Maldita a mãe que te pariu, maldita a hora em que nasceu, maldito o pai que te gerou..." e gritava, e gritava, e logo todas começaram a me espancar. A madre Rosa...acaba que ela me salvou naquele dia. Se ela não tivesse entrado no meio, elas teriam me matado.

— Elas?

— Elas, as evangelistas, mas também as outras. Estavam todas possuídas, acho. Mas diziam que era eu.

O padre Amador, escrivão do processo, suspirou, visivelmente irritado com aquela menção à histeria de mulheres confinadas, com que tinha pouquíssima paciência. Embora sua função ali fosse somente de escrivão, deixou escapar, com voz abafada:

— Dom Antônio do Desterro nosso bispo não é à toa que adverte dos perigos da oração mental para as mulheres...

O vigário suspirou, continuando o interrogatório. A moça à sua frente parecia trêmula agora.

— E o padre Francisco, o que faz? O que fez?

— O padre Francisco, quando rezam a ladainha, ele aponta para Rosa quando dizemos "rainha de todos os Santos". Ele me fez acreditar nisso, senhor. Sinto muito. Que ela é a rainha de todos os santos. Eu queria muito servir a Deus, mas...

— Por que entrou no Recolhimento?

— Para servir a Deus. Então, a regente Maria Teresa me disse para fingir que acreditava quando madre Rosa estava possuída ou tendo visões. E que, se não acreditasse, se não fingisse que estava possuída de vez em quando, que não iam gostar de mim. Então fingi. E entrei para o Recolhimento porque apanhei muito da madre Rosa um dia, na missa, porque conversava, e então minha tia me pôs lá depois, que queriam moças brancas e donzelas no Recolhimento, que só havia pretas e mulheres arrependidas do meretrício naquele lugar.

Admoestações do vigário, mais umas heresias, uma leitura, um ato de contrição. E o nome da testemunha assinado no depoimento. "Ana Maria, portuguesa da ilha do Faial." Uma das freirinhas do pandemônio.

Meses antes desse triste depoimento, aquela traidora Ana Maria havia ido encontrar Dona Ana e dona Isadora abraçadas à beira do caixão do Xavier, aquela imagem ainda estava viva em nossa lembrança. Isadora estava arrebentada de pancada no enterro, mas mesmo assim chorava muito pela perda do marido, que todos sabíamos que era duro nos corretivos físicos à esposa, mas um homem correto e justo, e havia morrido por ter blasfemado contra Rosa, porque nenhum homem forte como touro morreria assim no sono sem causa aparente. Naquele dia, na hora da santa missa, Rosa entrou na igreja com queixo erguido, como sempre fazia, e ficamos todos com a respiração suspensa e esperando uma manifestação do demônio Afeto que a tomava sempre que alguém não se comportava como devia. A madre negra vestida com aquela túnica marrom franciscana arrancaria o próprio cordão de suas vestes santas e o desceria com força nos corpos dos que se comportassem mal na igreja. Nem sempre suportávamos aqueles corretivos da santa como devíamos. Mas o enterro do compadre Xavier e tudo o mais que se passava naquele tempo no Rio de Janeiro fazia nossos ânimos ficarem exaltados e ao mesmo tempo amedrontados demais, e talvez todos nós já soubéssemos que a missa daquela tarde teria mesmo a presença do demônio Afeto no meio de nós. Padre Francisco teria que lidar com ele, mesmo correndo risco e sendo investigado pela Inquisição.

Mas, não.

O demônio suportou os poucos cochichos naquele dia fúnebre e, ao invés de lançar madre Rosa contra nós, a fez requebrar no coro da Igreja, e era quase indecente aquela dança, o batuque. Tanto que dona Ana Moreira acabou saindo cedo, levando sua irmã Isadora chorosa consigo, as duas acompanhando o cirurgião Francisco Moreira, e a freirinha traidora Ana Maria atrás, que já havia saído do Recolhimento por aquele tempo. E o médico não ficaria mais no Recolhimento, ainda mais quando madre Rosa dançava o batuque. Era demais.

Três meses depois do enterro do Xavier e daquela dança escancarada, naquela tarde de fevereiro de 1762, outra testemunha foi chamada. Mais uma. A última antes da prisão da nossa santa.

— O padre Francisco também dança o batuque na Igreja?

— Oh, não, senhor. Só ela, a preta forra. E levanta as saias, mostra um pedaço das pernas e dança de um jeito que não posso explicar. Acho indecência.

— O senhor por que não voltou às Gerais?

O homem coçou um piolho na barba, indeciso, e entregou um papel cuidadosamente dobrado ao comissário.

— Meu irmão Caetano Pereira tem vontade de vir morar aqui, e, nesse caso, fico em São Sebastião do Rio de Janeiro até ele se decidir. A filha dele...a filha do Caetano Pereira, meu irmão... ela é recolhida. Fico para saber se vai ficar bem, com tudo isso acontecendo agora. Ela é moça nova e mameluca. Muito clarinha. Quase branca.

O vigário abriu a carta de Caetano Pereira, levada a ele pelo irmão, e leu calmamente seu conteúdo disposto em três folhas de papel levemente amassado. Franziu a testa em alguns trechos. Encarou o tropeiro à sua frente.

— E o senhor, acredita na santidade da preta Rosa?

— Nunca acreditei, senhor vigário. Acho que é uma embusteira.

— Seu irmão Caetano, quando a trouxe das Gerais a São Sebastião do Rio de Janeiro em 1751...

— Eu também posso lhe garantir que veio fugida do Rio das Mortes. E o Caetano disse a verdade na carta que o senhor leu. Contou tudo da viagem.

— Aqui ele diz que o senhor pode confirmar as histórias que escreveu...

— Posso, sim, senhor. Cada uma, e o que mais quiser.

— Então ela se deitou com o padre xota-Diabos na estalagem no Caminho Novo?

— Sim, senhor. Foi para cima dele, e muita gente viu. E ele a expulsou, mas ela estava sem as roupas e já cavalgava no seu membro.

— Sei.

O vigário franziu o nariz em uma careta, e padre Amador anotou como pôde o novo depoimento daquele processo. Depois, leu cuidadosamente o que havia para ser lido e pôs-se a pensar no tropeiro Caetano e naquela viagem que trouxera Rosa Egipcíaca ao Rio de Janeiro.

Viagem de volta. Porque antes ela já havia morado lá naquela cidade suja e beata chamada São Sebastião do Rio de Janeiro. Rosa desembarcara do navio negreiro e tinha seis anos somente, e foi receber o batismo na Candelária, depois de ter sido vendida na Rua Direita ao senhor José Azevedo.

Era difícil ser escrava criança sem pai e sem mãe, sem avó, e Rosa pequena gostou de ter uma mãe Maria, um pai José, um irmão Jesus, uma avó Santana e um avô Joaquim. Depois, quando se sentava sozinha na senzala, juntava os cinco pedaços de pau que trazia sempre escondidos debaixo da saia durante o dia e gostava de brincar com os santos. E cada pedaço de pau era um deles, e eram eles sua família, como nos contou, e os raspara cuidadosamente para que ficassem lisos, e os carregava à cintura para que pudesse falar com eles e ter a bênção de sua família todos os dias.

Mas um dia os santos caíram todos da cintura quando o seu senhor e dono José Azevedo a derrubou na esteira e arrancou-lhe a saia com a violência própria que os homens sabem e mostram às mulheres. Ela era pequena, mas seu dono havia sido informado pelo feitor que ela tinha sangrado por aqueles dias e virado mulher, e então o Azevedo achou que já era tempo de tirar-lhe o cabaço de pretinha ali na senzala mesmo. Mas o pior viria depois: naquela noite, ela passou muito tempo no escuro de joelhos tateando até achar os tocos de pau que ele havia atirado longe ao lhe arrancar a saia, e o Azevedo claro que não era obrigado a entender o que aquilo significava para a sua jovem escrava. Então, ao visitá-la na noite seguinte e encontrá-la com aqueles tocos de novo amarrados na saia, pensou que fosse um tipo de feitiçaria e a arrastou pelo braço com raiva até a beira do rio, atirando um por um dos santos na água antes de possuir a escravinha ali na beira: atirou Maria, depois José, depois Joaquim e, por fim, Santana. O quinto pedaço de pau era o menino Jesus, e o pobre do Azevedo, sem saber em que tipos de maldição caía ao seguir a ideia infame que lhe deu na cabeça, virou de bruços a escrava no chão e a penetrou com o pedaço de junco por trás antes de montar nela, atirando depois também o menino Jesus flagelado em sangue no rio.

    Depois da perda dos santos, Rosa começou a se prostituir, porque era bonita de corpo, e Azevedo vivia tempos difíceis e precisava de mais dinheiro, e foi como prostituta que foi vendida às Gerais, para onde caminhou pela Mantiqueira até quase desmaiar, e nas Minas ela se deitou com brancos, negros, índios e mestiços, até que na capela de Bento Rodrigues e depois na Igreja de Nazaré na vila do Inficcionado conheceu seu pai Francisco, que a trouxe de volta a Jesus e à sua família sagrada. Era uma história bonita, a da nossa santa. Era a nossa redenção, porque ela e dom Sebastião nos salvariam da destruição iminente. Mas agora tudo parecia ter se perdido. E, como Rosa, rasgada e humilhada em sua inocência tateando no escuro da senzala em busca de seus tocos santos, assim estávamos nós no abafado do fevereiro de 1762, tateando, humilhados, em busca de nossos santos na imundície de nossas prisões espirituais.

****

Caetano Pereira

A mula que até aquele dia havia trabalhado tão bem e nunca adoecera parecia de repente exausta depois de ter enfiado os cascos naquela lama traiçoeira da beira do Paraibuna. Caetano suspirou, limpou o suor do rosto e chamou o escravo para ajudá-lo a desatolar o animal fatigado. Isso agora, e ainda a Mantiqueira toda pela frente: era melhor não pensar até que pudesse resolver o problema do animal. Com pesar e com o peso do cansaço do dia, da subida daquela serra ingrata desde o litoral latejando em cada músculo do seu corpo, analisou a situação e soltou um suspiro de desânimo. Se ela não melhorasse até a manhã seguinte, teria que comprar outra mula naquela paragem que os tropeiros começavam a chamar de Santo Antônio do Paraibuna, e deixaria Estrela para trás ali mesmo, com alguém que se dispusesse a mantê-la até seu retorno. Quem sabe, pode ser que conseguisse um negócio razoável, conhecia alguns que sempre negociavam mula no entorno da fazenda do juiz de fora, e talvez arrumasse até dois animais bons se deixasse o seu como garantia, mais uma das lascas de ouro que guardara para uma emergência daquelas.

O índio já esfregava as patas da mula enquanto Caetano ainda calculava mentalmente quantas lascas lhe restavam para emergências, e se valeria a pena dispor de uma delas ali naquela paragem, ou se poderia esperar uns dias naquele lugar gelado e apostar na recuperação da Estrela. A tarde caía atrás do mar de morros que comprimiam a vista naquele ponto do rio, e ele teve vertigens ao lavar o rosto na água escura do Paraibuna. Ao longe, uma família de capivaras o espreitou do meio de uma moita densa, e ele atirou um punhado de água para vê-las se moverem. Não precisava de caça a uma hora daquela. Seu escravo já havia providenciado o suficiente para o jantar dos dois, e o desafio agora seria fazer a mula cansada caminhar até a estalagem no arredor da fazenda, onde passariam a noite antes de seguir a subida ingrata de dias até a distante Vila Rica.

Aquele padre xota-Diabos poderia ter sido um pouco mais generoso, dadas as circunstâncias, mas choramingara até o ponto de conseguir que ele saísse de Congonhas e fosse até o Rio das Mortes para acompanhar o embatinado mais a sua amante-escrava até São Sebastião do Rio de Janeiro por uma pechincha, e ele ainda se frustrava ao se lembrar do preço baixo que acabara aceitando por aquela empreitada. Mas parecia que grande onda de má-sorte o atingira há meses desde a morte de sua mulher, e talvez estivesse afinal pagando algum dos pecados que cometera. Benzeu-se ao pensar nisso três vezes e tocou o saco de relíquias e proteção que trazia ao pescoço. Dentro do grosseiro objeto de couro estavam as preciosidades que o protegiam nas subidas e descidas repetidas que fazia pelo Caminho Novo, com Estrela e o escravo índio, ouro escondido em lascas nas botas e na cintura, mercadoria humana ou em caixotes amarrados no lombo da Estrela, que agora entretanto padecia de algum mau olhado forte demais que não fora contido pelo poder da sua proteção sagrada. Benzeu-se mais uma vez para afastar esse mau pensamento e tornou a tocar sua bolsinha de couro, e desta vez a apertou um pouco mais para sentir a força dos objetos mágicos entre seus dedos, e percebeu mesmo seu coração se acalmando ao pensar no pó das unhas de Santo Antônio ali guardadas, no pedacinho de osso do santo, e no fragmento cuidadosamente dobrado da vela do barco de São Pedro que recebera os peixes da pesca milagrosa de Jesus, nosso Senhor. Um pouco mais aliviado, deu a ordem para que o índio trouxesse Estrela pelo cabresto em direção à estalagem.

 A fumaça das fogueiras começou a subir naquela paragem que ia se tornando algo parecido a um arraial, e ele avistou alguns conhecidos ao longe, que já se abrigavam debaixo da rústica cobertura de palha e madeira onde também amarravam seus animais. Um dos tropeiros tocava a viola, e aquelas notas tristes aprofundaram seus pensamentos melancólicos. Sentiu falta de sua mulher e, pela primeira vez naqueles meses todos, pensou que talvez seu irmão João tivesse razão, talvez ele deveria mandar vir da casa dele a moça Inês, e talvez devesse contrair novo matrimônio com essa outra índia, que já estava tão domesticada que era praticamente uma civilizada, e daria muito menos trabalho que a irmã de seu escravo lhe dera. Mas antes ele precisava ainda resolver o que fazer com Maria das Dores, e agora voltou a debater consigo mesmo que, afinal de contas, se o padre e a sua beata de fato fundassem um lugar para mulheres recolhidas no Rio, e se de fato aceitassem Dores lá sem custo nenhum, o baixo preço pela viagem teria valido a pena, e sua filha deixaria de ser preocupação em sua cabeça. A criança tinha afinal boa índole e era quieta e tímida, e seria uma moça de boa família, e ele, mesmo sendo tropeiro e homem rústico e de poucos estudos, tinha um rancho, lascas de ouro, três escravos e mulas em Congonhas; Dores era mameluca e bonita, e só a casaria com branco mais abastado que ele próprio, o que, na falta de mulher branca nas Gerais, nem seria tão difícil assim; mas com essa vida de tropeiro que levava, o melhor mesmo era meter logo a criança em um Recolhimento onde estaria segura até pelo menos ter idade ou aparecer um pretendente. No rancho sob os cuidados da mulata Joaquina é que não poderia deixá-la por muito tempo, porque todo mundo sabia como as meninas pequenas podiam ser estragadas na ausência de mulheres decentes em volta, e Joaquina não era decente, nem branca, nem temente a Deus.

Caetano tomou um gole de aguardente enquanto via o fogo triunfar nos gravetos que o índio havia juntado, depois compartilhou a garrafa com ele, que bebeu antes de esticar a caça por sobre a fogueira baixa e em cima da chapa de ferro já gasta por tantos anos de uso pelos caminhos das Gerais.

— Acontece que o Souza tem uma mula que acho que pode interessar ao senhor...

— Hum. Vou falar com ele. Não queria deixar a Estrela para trás.

— Ela não aguenta subir a Mantiqueira, senhor.

— Eu sei. — Ele suspirou com força. — Tinha esperança que amanhã estivesse boa.

— Não vai aguentar, mesmo se melhorar um pouco.

Caetano remexeu o fogo com um pedaço de pau, com raiva daquela verdade. O índio se calou, ajeitando a carne sobre a placa de ferro e depois tornando a se sentar na pedra retangular onde estavam. O tropeiro se levantou.

— Vou falar com o Souza.

Era muita má sorte aquilo tudo, só podia ser, e de repente Caetano começou a pensar que nem devia cogitar mandar sua menina para o tal Recolhimento, se é que ele haveria de existir algum dia. Porque, com certeza, aquela onda de azar havia sido aprofundada pelas estripulias da negra endemoniada na descida da Mantiqueira, atraindo maldição para a sua vida. Mas o padre exorcizara aqueles demônios muitas vezes, e em cada dia aquela viagem do Rio das Mortes até o Rio de Janeiro havia sido uma provação atrás da outra, e parecia que nem mesmo Brás, o escravo crioulo do padre xota-Diabos, aguentava mais tanta diabrura morro após morro. Em um momento, a negra ficara de pé no lombo da Estrela e quase rolara precipício abaixo, e, se não fosse a rapidez do índio, ela teria morrido ali mesmo naquele vale, e quem sabe se isso não teria sido afinal providência de Deus? O padre Francisco xota-Diabos talvez se jogasse atrás dela, aquele homem não vivia sem sua endemoniada, santa, escrava e sabe-se o que mais, e até as pedras do Caminho Novo tinham certeza do resto. E Brás contara muitas sem-vergonhices da negra e de seu senhor embatinado ao índio, e ele relatara a Caetano uma parte delas, e para a outra parte ninguém precisava de relato, porque os casos rodavam pelos ventos de todos os morros da serra do Espinhaço e da serra da Mantiqueira, e outra parte ainda ele próprio havia visto, ali mesmo naquela estalagem da fazenda do juiz de fora, na descida da serra, a indecência do embatinado com o membro branco duro e exposto, e a negra sobre seu corpo, em animada cavalgada, a ponto de acordar Caetano e outros tropeiros naquela paragem, inclusive o Souza, que se lembrava do caso e confirmava as impressões de Caetano sobre o assunto ao negociar uma mula para a subida da Mantiqueira.

Caetano voltou-se, amarrando o animal perto de sua esteira, e aquela noite em que a negra cavalgara o padre no caminho de ida voltou em sua mente. Depois, vieram a explicação e o exorcismo, mas, e se não tivessem os tropeiros e os escravos sido acordados pelos gemidos escandalosos da negra? Quem sabe, naquele caso não teria havido exorcismo, e o padre teria gozado calmamente dentro da sua endemoniada, no silêncio discreto daquela mata da beira do Paraibuna? Mas ela tinha que ter acordado o índio e Caetano e outros, e então xota-Diabos se pusera a declamar o latinório e a expulsar o Afeto da mulher, que, sem uma peça de roupa sequer, estrebuchava no chão empoeirado e queimava as costas nas brasas dos restos das fogueiras, fazendo agora um escândalo digno do Inferno.

    Viagem difícil aquela. Caetano e os outros se puseram de joelhos e tocavam cada um seus escapulários e bolsas de mandingas, de relíquias, e o que mais tivessem que pudesse livrá-los do diabo em pessoa manifestado ali diante dos olhos abobalhados e sonolentos de todos, na madrugada fria do arredor da fazenda daquele rio escuro. E, depois, quando o sol já esquentava os ânimos, e a luz do dia já havia afugentado para longe a ideia do demônio, Brás e o índio riram pelas costas do padre, e Caetano os ouviu detalhando as sem-vergonhices da negra no Rio das Mortes, no Inficcionado e em Vila Rica, e as palavras de prazer do padre naquela noite que parece ter sido seduzido pelo demônio por muitos minutos antes de afinal ter se decidido a expulsá-lo.

    Por via de dúvidas, ele, Caetano, era temente a Deus, e tocou seus objetos santos ao ouvir aqueles relatos pervertidos da boca dos escravos na descida para a Guanabara, mas o fato é que nunca confiara naquela negra da costa da Mina. Nem quando a conhecera em Vila Rica e no Inficcionado, prostituta e coberta de joias e vestida em panos caros e extravagantes, cheiro de almíscar e olhar altivo e passo requebrado, sempre se oferecendo a quem tinha mais sucesso no garimpo. Não havia homem na pequena vila do Inficcionado, com exceção do padre Luiz Jaime de Magalhães, vigário da igreja de Nazaré e inimigo da preta, que não tivesse se deitado com Rosa, e em Mariana também não ficava atrás sua fama de mulher do fandango, e depois tudo o que os homens que já tinham se deitado com ela diziam é que Rosa havia virado santa, que tinha o demônio no corpo e grandes visões, e que Deus Nosso Senhor a usava como queria agora, e não mais os homens eram donos de seu corpo.

Depois, no Rio das Mortes e na casa do padre xota-Diabos, Caetano nunca entendera aquela relação entre os dois e, embora o padre fosse figura de respeito, desgostou do tratamento que ele dava à ex-prostituta desde a primeira vez que foi ter com o xota-Diabos em sua chácara. Àquela altura, a negra já havia sido presa e surrada no pelourinho em Mariana, mas depois fora resgatada pelo Pedro Avelar, compadre do Francisco xota-Diabos e grande devoto da preta, e se recuperou da surra na casa do homem, que depois a deu definitivamente ao xota-Diabos. Caetano não sabia que poderes tinha aquela mulher, que conseguia passar anos a fio sem trabalhar duro na vida: primeiro, com dona Ana Durão, na fazenda em Cata Preta na beirada do Inficcionado, onde nunca ficava de fato, andando de mina em mina atrás de homem; depois, de igreja em igreja sendo exorcizada pelo xota-Diabos; na casa de compadres e beatos, e agora com o padre Francisco xota-Diabos, que a chamava de Rosinha, minha santinha e flor, e isso ou era uma sem-vergonhice das grandes ou então um tipo de santidade que andava bem além do seu entendimento.

O padre Felipe de Souza lhe dissera que a negra havia sido surrada em Mariana depois de apodrecer uma semana inteira na cadeia no Rio das Mortes, e isso porque lhe dera na gana interromper a missa e a pregação daquele famoso frade capuchinho que havia sido convidado solemente a pregar na igreja do Pilar, e aquilo havia sido demais.

    O pregador capuchinho Luís de Perúgia era morador do Rio de Janeiro, santo e grande homem de Deus, e havia sido convidado a fazer missão e pregar no Rio das Mortes, e portanto fora recebido como devia ser um missionário italiano naquelas terras, com pompa e festejo, um almoço caprichado na casa do vigário, e anúncio a toda a gente que comparecesse à Igreja do Pilar, jóia mais brilhante entre todas as igrejas do Rio das Mortes. Então o frei Luís de Perúgia, bem impressionado com a beatice de todos os moradores das Gerais, estava lá naquela missa solene e com toda a sociedade importante quando alguns viram a negra no canto de uma fileira de bancos, a preta Rosa, escrava de dona Ana Durão, mas que estava cedida ao padre Francisco xota-Diabos há um tempo. Todo mundo àquela altura conhecia a tal preta, e a maioria de toda a gente da igreja estivera presente em pelo menos um dos exorcismos dela, porque eram frequentes, diários; na verdade, havia mesmo aqueles dias em que o padre precisava expulsar o coisa-ruim umas três vezes de sua Rosinha antes do cair da tarde, e, se bobeasse, o tal aparecia à noite, o Afeto, pode ser que sim, ele havia aparecido ali na beira do Paraibuna e a fizera cavalgar no padre, então, quem saberia afirmar se ela não cavalgava no xota-Diabos no escondido de sua chácara todas as noites? Pouca gente gostava da negra àquela altura, e, quando aconteceu o episódio com o capuchinho, muita gente julgou falsos aqueles ataques de endemoniada.

    A beata foi então levada aos ferros no meio da missa da igreja direto para a cadeia, onde apodreceu por sete dias, e diziam que ela ficava com a cara preta grudada nas grades assistindo à missa no oratório da Piedade, que ficava do outro lado da rua. E comeu as migalhas que lhe ofereceram as beatas que já acreditavam nela ali no Rio das Mortes durante aqueles sete dias de prisão. Ela parecia não se importar. Com os olhos roxos das pancadas, saiu dali para Mariana com a cabeça erguida, dizendo que mesmo naquela cela o menino Jesus em pessoa lhe aparecera. Era tudo para a sua glorificação. "Prepare-se, Rosa, porque vai sofrer por minha causa." De todo jeito, a visão dela se cumpriu, porque ela sofreu, coitada.

Foi condenada a muito chicote em Mariana, como toda a gente soube. Surrada como foi naquele pelourinho, talvez nem sobrevivesse, mas o fato é que a preta era teimosa e parecia mesmo ter parte com o demo, porque, nem poucos meses haviam se passado da surra que a deixara caída em frente a igreja do Carmo, lá estava a negra courana profetizando novas visões, destemida. Até que houve aquele outro episódio em Vila Rica, onde ele próprio estivera presente, mas daquela estranheza não gostava de se lembrar demais.

Caetano mastigou um pedaço duro de carne de capivara e suspirou, lembrando-se com temor daquela manhã na igreja de São José em Vila Rica. Uma brisa soprou um pouco mais úmida da beira do Paraibuna e chegou a arrepiar seus cabelos dos braços e gelar suas costas, e ele fez o sinal da cruz. A neblina havia baixado, dando um aspecto fantasmagórico ao seu pequeno acampamento. O índio havia se recostado ao lado e estava mudo e imóvel como uma das pedras daquela paragem, e só as notas melancólicas das violas que o vento gélido daqueles arredores do Paraibuna trazia lhe davam a certeza de que não havia sido transportado a um outro mundo. Pensou no exorcismo de Rosa na capela de São José em Vila Rica e voltou a se benzer.

Era uma manhã quente, diferente da noite em que estava agora a revirar aquela reminiscência estranha em sua cabeça. Um grupo de sacerdotes doutos parados à frente do altar dava à cena um aspecto formal, e muitos curiosos ocupavam o lugar em absoluto silêncio e medo, mas ao mesmo tempo ansiosos por alguma manifestação do demo. Aquela seria uma comprovação, um teste. A preta Rosa havia sido surrada havia três meses no pelourinho em Mariana por seus embustes, mas insistira com o bispo dom Manuel da Cruz através de recados que enviara por seu mais fiel devoto Pedro Avelar, e insistiu tanto que, por fim, o santo homem decidiu pôr fim àquela embustice publicamente e, para isso, marcou a comprovação na igreja de São José em Vila Rica. Caetano estava na cidade e foi ver o espetáculo, e um bando de outros curiosos foi também, e muito antes de chegarem lá a preta energúmena e a comitiva de padres, a pequena igreja no alto do morro estava apinhada de gente vinda de vilas do entorno, mas principalmente de muitas casas de Vila Rica. Encheram o lugar a tal ponto que dona Maria Penha teve que enxotar o povo da entrada assim que o bispo entrou. Ela fez bem o trabalho, aquela dona que cuida daquela igreja e vive dependurada na barra da saia dos padres. Ela enxotou aquela gente para o lado, e o bispo entrou, sacudindo sua batina. Entrou com sua pompa, seu baco e com os padres de um lado e de outro, cada um falando alguma coisa, cada um exibindo sua própria humildade, dons e serviço em um esforço desesperado para chamar a atenção do grande pastor. Naquela manhã, três seminaristas iam atrás deles, rindo-se discretamente e vivendo cada momento daqueles de forma única, porque os seminaristas em geral gostam muito quando o bispo visita os padres, porque estes últimos ficam como moscas em torno da lamparina-bispo, e isso pode ser motivo de riso, especialmente se os padres são rígidos com os meninos no dia a dia dos seminários, aquilo torna-se um momento de desforra e zombaria escondida dos seminaristas, Caetano pensou nisso e sacudiu a cabeça, esses tempos estão mesmo perdidos.

Mas a preta Rosa. Aquele foi um espetáculo à parte. A mulher foi levada por Pedro Avelar e pelo padre xota-Diabos, o Francisco, até o altar e lá se ajoelhou, e todos podiam ver as costas dilaceradas daquela escrava recém-castigada. Caetano esticou os olhos como muitos outros; não era sempre que tinham a chance de ver uma escrava surrada no pelourinho ou admirar à luz do dia os desenhos recém feitos nas suas costas de uma surra daquelas, já que, naquela manhã, mesmo dentro das paredes santas que sombreavam os corpos, os tais desenhos se exibiam em vivacidade escandalosa aos olhos dos fiéis. Homens eram surrados publicamente de vez em quando, e aqueles espetáculos ninguém queria perder, mas uma mulher, isso era raridade, e aquela embusteira havia há poucas semanas atraído muitos em Mariana que esticaram os olhos e se benzeram a cada filete de sangue que brotara naquela praça, e aquilo fora comentado por tantos dias depois. Mas havia outros, como ele, Caetano, que não puderam comparecer àquele primeiro espetáculo, e agora esticavam os olhos e viam os galhos do que parecia uma árvore plantada nas costas meio desnudas de Rosa, e se benziam ou intimamente sentiam a respiração levemente suspensa, em um misto confuso, indeciso e muito secreto de horror e prazer.

Lá estava dom Manuel da Cruz, querido e piedoso bispo de Mariana, ladeado pelo Padre Amaro Gomes de Oliveira e o padre Manuel Pinto Freyre, este último sabidamente um homem doutor das teologias, "mestre da moral", diziam, exorcista, não tão famoso entre as gentes simples das vilas quanto o xota-Diabos, mas homem dos saberes e das letras teológicas. E havia mais dois padres para além daqueles dois, e isso tudo ali, naquela igreja pequena onde se reunia a Irmandade de São José dos Homens Pardos, parecia até pompa inapropriada, não fosse a examinada uma miserável preta escrava sem eira nem beira.

    Rosa, de joelhos, ouviu, como todos ali, o padre Manuel Pinto Freyre ler aquele palavrório em latim interminável, e depois ela sentiu a água benta caindo em seu corpo e as franjas da estola do padre coladas em sua testa "Quem quer que sejas, ordeno-te, Espírito imundo, que digas o teu nome..." e, então, depois de desconfortável e mórbido silêncio, Caetano e muitos outros sentiram gelar as costas ao ouvirem uma voz grave, horrenda e pesada, que parecia vir de alguma mina abandonada e em ruínas, amaldiçoada com corpos negros soterrados e com o sangue de mãos decepadas, uma voz com olhos furados e ouvidos perdidos, cheia da dor de costelas partidas de crianças negras com pedras nas costas, com estômagos aflitos e sem cota de garimpo necessária à ração de cada dia, uma voz do fundo de uma mina escura cheia da rouquidão louca dos que morriam sufocados no breu das galerias vazias de ouro e de ar, era a voz, era Rosa, mas era também algo mais: "sou o Afeto, espírito zelador dos templos, espírito maligno, imundo e devorador das almas, faço gelar o coração e queimar a carne de desejos impuros, cavalgo as mulheres à noite e os homens de dia, meus filhos me pertencem, e tenho sede de almas." Em seguida, ela se sacudiu ou foi sacudida por força oculta, dançou, requebrando-se com indecência abusada, levantou as saias, mostrou as coxas, o umbigo, os peitos e deitou-se, estrebuchando e gritando, esfolando aquelas costas mal cicatrizadas nas pedras do chão santo, que logo já ia ficando vermelho com o rompimento da pele fina e mal sarada, e ninguém podia se conter ali mais, o desespero havia tomado conta do templo, o horror se fizera carne e habitara entre todos. Caetano tentou chegar à saída, mas ao mesmo tempo algo o retinha, queria ver aquela monstruosidade espetacular até o fim. Seu compadre, José Álvares, que havia caminhado aquelas ladeiras até a igreja com ele, saiu correndo e não se atreveu a voltar, e muitos outros fiéis já ocupavam a porta e o adro da igreja. O frei xota-Diabos se adiantou, saindo do meio do povo, e, naquela manhã, entre doutos padres e o douto bispo, era a única e certa esperança de muitos ali. De fato, ele a fez parar de se sacudir no chão. Curvou-se, pôs a mão na testa da negra levemente e recitou seu latim, depois tomou uma vela e a pôs embaixo da língua da endemoniada. Se ela fosse embusteira, o fogo lhe queimaria a carne, se aquilo fosse sobrenatural, sua língua não seria consumida pelas chamas.

— Oremos. A prova do fogo. Ladainha de Nossa Senhora. Salve Rainha e Cinco Credos.

Caetano não rezou, estava nervoso demais, embora em seu íntimo quisesse ver o demo se manifestar de novo. Mas ao fim daquela reza toda a língua da preta estava intacta, e não havia sinal de fumaça ou de carne queimada na igreja. Milagre.

Rosa estava ajoelhada. Padre Freyre e o xota-Diabos haviam mandado o Afeto para o inferno de volta. E ela começou a chorar. Suas mãos estavam geladas, o padre Francisco dizia, e cobertas de suor, e muitos disseram isso depois, porque lhe pediram a bênção naquele dia e tocaram nela. Haviam ido ver sua desmoralização, mas acabaram ouvindo o padre Freyre pedir àquela misera escrava que orasse por ele. Era santa. Era a santa preta do povo das Gerais. Mas o bispo não deixaria a situação daquele jeito.

Afinal, alguém vira de fato aquele fogo debaixo da língua da mulher? Ninguém se lembrava mais. Logo o padre xota-Diabos fora fazer a tal prova de fogo. Logo ele. E, assim, e de conversa em conversa, todos souberam que era necessário um segundo teste, e a preta Rosa seria chamada uma vez mais para nova confirmação, desta vez sem seu protetor xota-Diabos, e desta vez o teste deveria ser na Sé de Mariana.

— Ministro, querido, não vá assistir ao segundo exame e experiências que em mim pretendem fazer, porque é maldoso, mentiroso e contra a vontade de Deus, esse segundo exame só o fazem para prendê-lo, meu querido ministro.

Caetano em pessoa a ouviu dizer aquilo na porta da igreja assim que o movimento todo havia acabado, pelo meio daquele dia. E o padre xota-Diabos parece ter acreditado na preta, porque não foi ao segundo exame, mas hospedou-se na casa da dona Escolástica, esposa do Alferes Francisco da Motta, essa outra beata que acreditava na santidade da preta. O vexame foi total na segunda prova, porque ela não tremeu, o demônio não veio, e foi declarado a toda a gente que se apinhou na Sé de Mariana naquela tarde na esperança de ouvir a voz profunda novamente que a preta era, na verdade, uma embusteira.

Caetano puxou um fumo na esperança de se acalmar ali naquele acampamento gelado nos arredores da fazenda do juiz de fora. A nuvem espessa de neblina havia coberto até os tropeiros mais próximos agora, e tudo o que ele podia ver eram os pontinhos embaçados das fogueiras, que pareciam pontos de luz abandonados em algum lugar esquecido do mundo. Talvez fossem isso mesmo, aquelas fogueiras e ele próprio, pensou, pontos pequenos e esquecidos em um canto miserável do mundo, e tragou novamente, querendo acalmar a solidão que ameaçava engoli-lo.

Pensou na sua mulher, morta agora e já comida pelos vermes, e um sentimento próximo à saudade o envolveu. Ela sempre resistira, desde o primeiro encontro com ele, ao pé do farol dos Bandeirantes, quando primeiro chegara lá e tentara arrancar ouro no Inficcionado, o que depois não daria em nada.

Sua índia. Estava sentada e gritava, em um escândalo digno de acordar o deus-trovão deles, e os outros quinze tropeiros dividiam o espólio daquele bando de índios que precisara ser removido dali para que o ouro escondido sob a terra em que pisavam servisse ao Reino. Era a única mulher no meio do grupo faminto de índios que resistiram até o fim, e, mesmo precisando os tropeiros de escravos para guiá-los naquelas matas e naqueles penhascos traiçoeiros, muitos dentre eles queriam matar aqueles filhos do cramulhão que haviam causado baixas horríveis com arcos e machadinhas bárbaras. Caetano preferia poupá-los, porque poderiam usá-los para a exploração daquelas trilhas, mas o amigo Felipe rapidamente já cuidava de degolar dois dos mais fortes daqueles sobreviventes antes que os outros pudessem opinar.

— Felipe, precisamos deles. Vou ficar com aquele ali, temos vários e podemos dividir.

— Podemos dividir a índia. — Ele apontou a faca para a mulher que gritava em verdadeiro escândalo no chão. — Esses índios mataram gente e, se mataram uma vez, matarão duas. Vou passar a faca em todos.

— Deixe aquele mais baixo para mim então. Se ninguém mais quer, eu estou precisando de um moleque.

Felipe o encarou nos olhos, mas o rapazote que ele apontava era pouco mais que um garoto. Mataram os outros em instantes, e o tropeiro com bigodes castanhos parou diante do jovem índio trêmulo no chão.

— Olha, se ele tentar alguma coisa depois, eu passo a faca no pescoço dele e no seu. — Ameaçou Filipe. — Essa tribo dos infernos já deu trabalho demais. A limpeza dessa área aqui já dura anos. Mas acho que finalmente esses são os últimos.

— Os velhos deles...

— Está louco, os velhotes feiticeiros passamos à faca antes de tudo.

Caetano sacudiu a cabeça, meio inconformado com o desenrolar daquela empreitada.

— Padre José sempre pede para mandarmos os meninos pequenos para serem ensinados.

Caetano dissera aquilo meio desanimado, porque fechava os olhos e via de novo a cena que depois reviraria em seus olhos em muitas noites seguidas. As crianças pequenas haviam sido desmembradas na frente de seus pais, as meninas haviam sido estupradas até a morte, os velhos foram decepados, e suas cabeças fincadas em espetos, que usaram para assustar e emboscar os últimos guerreiros índios daquele chão cheio de metal precioso para o desenvolvimento das coisas importantes. No fim daquela limpeza, os bebês ou crianças que haviam restado, protegidos pela teimosia de alguma índia, foram arremessados na correnteza escura do rio. Caetano puxou um trago e viu de novo os bracinhos sumindo nas pedras, e aquele bebê que se espatifou antes de atingir a água. Ele não gostava de se lembrar daquele dia, da gritaria das mulheres, e não gostava de matar crianças, mas os índios às vezes tornavam as coisas difíceis e atrasavam a vida dos homens de bem que precisavam civilizar aquele desmundo. Coçou a barba e voltou o pensamento à sua índia, no chão e em grande escândalo quando começaram a tocar nela.

— Se continuar assim, ela vai morrer antes de penetrá-la.

— É pior que égua selvagem, vamos amarrá-la no chão em quatro estacas, quero ver continuar com esses coices.

Felipe pegou uma corda, e Antônio amarrava as mãos da índia na estaca improvisada no chão. O jovem índio então começou a gritar ao ver o destino que sua irmã teria e pulou, colocando-se ao lado dela, levando muitas bofetadas na cara até cair desacordado.

— Não vai dar certo, vamos ter que matá-la depois disso, é brava demais. — Antônio já tinha o membro fora das calças na urgência de se saciar. Ela chutou mais um pouco, mas afinal foi imobilizada pelas pernas, e Antônio quase derramou a semente no chão antes de entrar nela. Depois Filipe a tomou, também rapidamente, com raiva daquela mulher que se sacudia, e os outros tropeiros já estavam enojados demais do sangue e dos gritos dela para quererem qualquer coisa com aquela selvagem. Caetano seria o terceiro, mas, ao ver o sexo tão machucado dela, não conseguiu se manter ereto.

— Chega, vamos parar.

— Há aqueles que não são homens, que não podem ver uma mulher sangrando...

— Felipe, sinceramente, quero chegar a Vila Rica antes de nascer o sol amanhã, e depois tenho um longo caminho até Congonhas.

Os outros já se preparavam para partir. E iam deixando a mulher ali amarrada nas quatro estacas no chão. O garoto índio desacordado, magro e mole como um saco de palha, foi ajeitado no lombo da mula de Caetano.

— Eu vou amarrar e levar a índia, vai ser minha mulher depois.

— Está levando o moleque e também quer levar a mulher, Caetano...

— Ora, vocês não queriam. Estavam prontos para deixá-la no chão.

Antônio cuspiu e olhou a mulher esticada e amarrada nas estacas.

— Eu acho que essa raça é ruim, tenho escravos índios, mas não desses revoltados das tribos de perto da pedra do farol. Essa raça ruim de fato não quero perto da minha casa. — Ele cuspiu de novo, ao longe, como que para afastar o mal de si.

— Vou levar.

Ninguém mais se pronunciou, os olhos da índia, que agora não chorava nem emitia som nenhum, eram selvagens demais. E assim ela se tornou Dina, sua mulher.

Na friagem do acampamento à beira do Paraibuna, o índio remexeu-se na esteira ao lado, e Caetano pensou se ele também não estaria sonhando com aqueles pensamentos. Balançou a cabeça, afastando a própria ideia, e cutucou o fogo com um graveto, e a imagem de Dina voltou à sua mente, agora com uma vivacidade maior.

— Dina. Sou teu marido agora.

Ela havia lhe dado muito trabalho, e cada submissão era um verdadeiro sufoco. Não reconhecia que ele lhe salvara a vida, que lhe dera um teto e comida, um nome e um vestido bonito e uma camisola e até tamancos, ela o encarava com dureza no olhar em todos os momentos; em todos menos naqueles em que a tomava, naquelas horas ela tinha o olhar vazio e longínquo, e Caetano lembrou-se pesaroso que chegou a deixar-lhe os olhos roxos uma vez na tentativa frustrada de fazer com que ela o olhasse em um momento ao menos daqueles. Até que veio Maria das Dores, e ele pensou que finalmente a índia sossegaria a vontade, acalmada com os cuidados com a bebê. De certa forma, funcionara. Dina levantava o olhar para ele quando o via sorrir para sua pequena neném, e os olhos muito pretos dela pareciam brilhar quando ele a embalava. Caetano amou sua filha desde que Dina a pôs no mundo, agachada no barracão no meio da palha e amparada pela mulata Joaquina e pela preta Suzana. Mas Dina nunca deixou que ele interferisse demais com a menina, e ia criando sua filha tão clara nos peitos e sempre sem roupas, e, ainda que tivesse aprendido a usar vestidos, trazia a menina enrolada em panos e indecentemente arrumada, dormia com ela na rede e jamais aceitara colocá-la no berço que ele próprio havia feito, com madeira de boa qualidade. Amamentava desavergonhadamente, mesmo depois que ele insistira que aquilo devia ser um hábito só das índias das florestas ou das pretas que estavam ali para isso, não da sua mulher, que ele era tropeiro branco e com rancho, escravos e mulas, pouca coisa, mas sabia ler e escrever e queria prosperar, e para isso também era necessário ter uma mulher limpa que não andasse com um bebê nu amarrado aos peitos o dia inteiro.

Por fim, ele deixou de mexer com o assunto da neném. A menina andou e falou, e talvez então ele finalmente teria acesso aos pensamentos de Dina, ele chegou a pensar na época. Caetano via Dina falar com ela em uma língua secreta, mas depois sentava a menina em seus joelhos e lhe falava as verdades civilizadas em português, e explicava dos caminhos, das picadas, das pepitas de ouro e do Reino de Portugal, e via os olhinhos castanhos da pequena

Dores se avolumarem de curiosidade. Era inteligente, bonita, com a pele clara e os olhos castanhos, batizada e saudável. Mas, para a sua decepção, parecia incapaz de traduzir o mundo da mãe índia para ele.

— Sua mãe por que sempre se recusou sentar-se na mesa e fazer as refeições?

— É costume, eu acho, meu pai.

— Costume de índia...mas ela já vive há anos comigo. — Ele continuava com suas perguntas, e a menina olhava ao longe, pela janela rústica aberta, as crianças da negra Suzana brincando no meio da poeira, os moleques dos vizinhos e as duas meninas da dona Eulália. Ele era um pai perguntador. — E o que ela lhe falava hoje de manhã? Que não respondia? O que falava com o índio?

— Olha, meu pai, eu já nem me lembro, isso foi de manhãzinha, e eu quero brincar lá fora.

Caetano olhava a rua, as crianças, e deixava ir sua pequena para o meio daquele bando de crianças misturadas. Mas ficava de olhos abertos e mandava o índio olhar, porque os moleques pretos e o menino do Filipe sempre brincavam também, e ele não queria indecências com sua pequena mameluca. A dona Eulália deixava suas filhas brancas como porcelana chinesa na rua no meio da molecada, mas ele era bom pai e se esforçava, queria casar a filha com um homem branco e dar a ela um futuro.

Depois ele também tentara a tradução do mundo de sua índia através do seu escravo, sempre sem sucesso.

— Por que sua irmã não fala nada na minha língua? Ela já sabe, não é possível que não tenha aprendido uma palavra sequer depois de tanto tempo.

— Eu não sei não, senhor, seu Caetano.

— Ela era casada antes? Tinha filhos? Será que pensa que sou um dos que abusaram dela na mata?

— Isso foi há um tempo, e eu me lembro pouco daqueles tempos das matas, seu Caetano.

Caetano deixava cair os ombros, desanimado. Eram mundos que se tocavam, mas que permaneciam estranhos um ao outro.

— Melhor assim, seu Caetano. — A mulata Joaquina lhe diria um dia. — Tem coisa que não é pra ser entendida mesmo não. Ela não quer falar, deixa ela quietinha. Pra muita coisa nesse mundo não tem entendimento que baste. Deixa ficar no escondido.

Mas sua mulher não era muda. Dina falava, com a filha e com o índio naquela língua estranha, mas mesmo essa comunicação ela fazia questão de interromper quando seu marido estava por perto, tratando-o com seu silêncio habitual e seus olhos pretos que o espetavam, menos quando ele a cobria.

— Dina. Eu a quero. Eu a amo, minha querida índia, minha mulher.

Ela nunca reagiu, nunca lhe respondeu, nem o olhou. Uma mulher branca e honesta também não teria respondido, mas ao menos obedeceria e teria olhado em seus olhos quando ele mandasse, ou ao menos tentaria fechá-los enquanto ele a tomasse. Mas Dina os mantinha abertos, estáticos, fixos em um ponto sempre longínquo e fora do alcance dele.

Caetano se esticou no chão e puxou a fina manta, cobrindo os ombros enrijecidos de frio. Talvez mandasse a menina Dores para o Recolhimento da santa preta e do xota-Diabos, quando fosse fundado. Se a tal Rosa não fosse santa mesmo, o lugar nem seria construído. E, se fosse, era mais que uma prova da sua santidade. E tomaria Inês como esposa, que aquela índia precisava de um teto e já era domesticada e falava português. Chegaria em Congonhas e resolveria tudo de uma vez, e começaria a preparar a filha para uma futura viagem a São Sebastião do Rio de Janeiro. Fechou os olhos e tentou rezar a Santo Antônio. Ao invés disso, veio em sua mente de novo Dina, em sua camisola branca, debaixo de si com os cabelos pretos esparramados e com aqueles lábios cerrados e os olhos distantes, feito morta. No dia em que de fato morreu, depois de noites queimando em febre por causa de uma gripe boba, ela abriu os lábios na cama deles, e, ao encará-lo, despejou nele uma única palavra em seu idioma bárbaro, fechando finalmente os olhos.

— Maldito seja o demônio e suas artimanhas.

Caetano tocou em seu saco de relíquias e, sentindo o corpo exausto da subida até aquela paragem, conseguiu afinal dormir.

****

Faustina

Eu tinha quinze anos quando cheguei a este Recolhimento maldito, e não queria vir, e todos sabem disso, mas cheguei obrigada pelo meu pai, pelo padre Francisco e pela mãe Rosa, e vou contar ao padre Bernardo de Vasconcellos tudo sobre ela agora que aconteceu o dia da Desforra. Farei confissão voluntária, como meu pai me mandou fazer. Eu odeio aquela negra.

  Chegamos a esta cidade que chamam São Sebastião do Rio de Janeiro em uma tarde abafada, mas, depois fui saber, a maioria das tardes aqui são abafadas e quentes como o inferno. Viemos eu e minha irmã, a Francisquinha, que tinha oito anos apenas e nem parecia se importar com a triste sina de sermos enterradas vivas em paredes santas. Ela passava os dias fazendo e colando figurinhas da via sacra nas paredes do corredor de cima do claustro, depois colava flores debaixo de cada figurinha, e eu cheguei a pensar que ficara louca, mas isso foi depois que mãe Rosa começou a solicitá-la no seu cubículo junto com o padre xota-Diabos em noites quentes e frias. Eu não sei o que faziam, Francisquinha nunca me disse, mas ela mudou depois que começou a passar horas ali. Ela sumia nas noites escuras, depois voltava, e já o sino do Colégio dos Jesuítas no morro do Castelo havia batido as doze badaladas havia muito tempo quando a minha irmã voltava em passinho leve e se enfiava em sua cama, ao lado da minha, porque dormíamos no mesmo quarto. Às vezes, mãe Rosa a levava pela mão. Às vezes, o próprio capelão do convento, o padre Francisco, trazia minha irmã de volta. E uma vez juro que vi que ela vinha no colo dele, feito bebê adormecido. Outra noite, vi mãe Rosa sem as saias, com as pernas negras à mostra, com as partes íntimas à mostra, e eu vi porque havia luar naquela noite, e ele entrava em cheio na minha cela quando vi aquela preta com minha irmã pela mão. E o padre estava atrás. E agarrava Rosa pela cintura. E Francisquinha se deitou com um suspiro, mas ainda vi quando o padre desceu a mão sobre sua cabeça e a abençoou.

Vomitei duas vezes no dia seguinte, e falaram que eu tinha o demônio em mim. Eu queria ir embora daquele antro de pecado e perdição, mas mãe Rosa dizia que eu era noiva de Lúcifer e cuspia em minha boca, fazendo-me engolir sua baba santa, e castigava minhas mãos com a palmatória. O padre Francisco um dia me pôs de quatro na capela, bem no lugar do coro, e ela ergueu meu hábito até acima da minha cintura, e sei que minhas nádegas ficaram à mostra para todas as noviças, com minhas partes íntimas devassadas pelos olhos de todas. E ele desceu ali a vara e depois o chicote com força e tantas vezes que desmaiei. Acordei com a irmã Teresinha limpando o sangue das minhas pernas e me dizendo que eu tivera muita sorte. Que Francisca tinha saído sem roupas do quarto do padre naquela noite e com as nádegas vermelhas, e que nossa mãe Rosa dizia que era tudo para a purificação de seus pecados, e que também estava sem as roupas, e as duas sentavam-se nuas no colo do padre xota-Diabos.

Eu engoli minha raiva naquele dia, e em muitos outros. Eu sabia do que já tinha acontecido à irmã cozinheira Teresinha e não queria aquilo comigo, mas queria defender minha irmã, mas não sabia o que fazer, e acreditei que eu podia ser mesmo a noiva de Lúcifer, e pedi perdão por duvidar de madre Rosa. Eu não sabia o que fazer. Ainda não sei. Todas nós, eu, minhas irmãs de sangue: Genoveva, Jacinta, Francisca, mais a portuguesinha Ana Maria e até a mameluca Dores, as jovens noviças esposas de Cristo, sabíamos dos pecados da cozinheira Teresinha e, por aquela época, éramos instruídas a evitá-la.

Aquela portuguesa Teresinha magra, pobre, analfabeta e incrédula, que fazia nossa comida ali no convento, passara três horas de joelhos na capela levando bofetadas e cusparadas de Leandra, de Rosa e de Ana Bela. E, depois, todas nós cuspimos em uma escarradeira que mãe Rosa punha embaixo de nossos queixos, e a mistura foi jogada na cabeça da cozinheira portuguesa. Ela havia de receber nossa saliva para o perdão dos pecados e para a iluminação de seus pensamentos distantes do esposo adorado. A Leandra chegou a engolir e vomitar uma parte da odiosa mistura e cuspi-la de novo na cabeça da irmã Teresinha. Um horror parecido com o horror das florestas pagãs da África, ou do matagal de Pernambuco, de onde aquela crioula Leandra havia saído. E, depois daquela penitência, a pobre cozinheira se tornou obediente, e todas nós, sobretudo as brancas e moças, tínhamos medo de ter que passar por aquele odioso ritual.

A mãe Rosa era muito mais implacável com as noviças brancas. Eu, a irmã Teresinha, portuguesa. Minha irmã Francisca, e depois as minhas outras duas irmãs de sangue que vieram do Rio das Mortes dois anos depois que eu havia tomado o hábito, a Genoveva e a Jacinta. Genoveva sempre havia sido fraca de entendimento, o que a ajudou a nunca se opor a nada e a cumprir tudo o que madre Rosa e o padre Francisco determinavam em silêncio, e por isso sofreu menos penitências. Eu e a Francisquinha chegamos a ficar um ano sem comer, o que vou explicar depois.

 Entre as que sofriam mais com as maldades de madre Rosa havia a Ana Maria e a Teresinha cozinheira, como contei. E a mameluca Dores, essa sofreu também, e não foi pouca coisa, mesmo nem sendo tão branca. A Ana Maria já conheceu a madre Rosa levando uma boa surra de cinto. Acontece que ela estava em uma missa, antes de entrar para a comunidade nossa, na igreja de Santo Antônio, e vergonhosamente cochichava com uma amiga enquanto o padre falava. A madre Rosa naqueles momentos recebia o Afeto, demônio zelador dos templos, que pegava da cintura a corda e descia na cara dos que não sabiam se comportar na casa de Deus. Ana Maria teve o rosto branco esfolado, e depois de três meses seu pai a internava ali conosco, para sua santificação. Ela, junto com irmã Teresinha e eu, Francisquinha e a mameluca Dores talvez fomos quem mais amargamos com as penitências que a madre Rosa e Leandra, e também a negra Ana Bela, que se chama de irmã Ana do Coração de Maria, nos impuseram. Mas agora não sei, fico pensando que minha irmã sofreu mais que todas nós juntas por conta daqueles passeios secretos ao quarto da preta Rosa, e nem pude ajudá-la.

 Essa freirinha Ana Maria da ilha do Faial e dos cabelos cor de ouro que teve a cara arrebentada na missa da igreja de Santo Antônio, quando veio a esta casa santa, chorou por três semanas seguidas, e madre Rosa foi enganada, pensando que aquilo era devoção ao Senhor, mas acontece que a moça havia deixado um amor do lado de fora, um seminarista que também odiava este Recolhimento, a capela de Nossa Senhora do Parto e essa negra, porque ela os expulsara de uma missa com a corda na mão e aos berros. Ele era do Colégio dos Jesuítas e pupilo do padre Felipe de Souza, e jurou para a moça Ana Maria que ia falar ao bispo. Não sei se foi ele quem começou a denunciar a madre Rosa. Não sei ainda como começou o dia da Desforra. Mas foi aquele o dia mais assustador e feliz da minha vida, o dia em que vi a preta Rosa saindo daqui amarrada direto para o Aljube.

Eu vi a cena e quis dançar, mas não podia. Entrei na capela e me pus de joelhos, fingi que rezava. Depois, comecei realmente a tremer e tive medo de ser levada também, de morrer. Foi um dia muito confuso, com o padre xota-Diabos chamando todas nós, queimando escritos, escondendo o quadro que venerávamos todos os dias da mãe Rosa e que ele próprio havia mandado fabricar a partir de um desenho que me obrigou a fazer dela. E depois a imã Ana do Coração de Maria, a Ana Bela, queimou todas as páginas da madre Rosa que as evangelistas cuidadosamente guardavam no baú em seu cubículo. Pensamos que o dilúvio viria no dia seguinte, mas a única coisa que aconteceu na manhã seguinte foi um silêncio tão opressor que sufocava, e então cada uma de nós sentia tanto medo, que ficávamos em nossas orações o dia todo, e nem mesmo no refeitório nos falamos.

Por que haviam prendido a madre Rosa? Ninguém sabia. Mas a gente pensava em coisas que não queria falar. Eu estava cansada de levar surras, de implorar por migalhas em penitências no refeitório, de ter a cara espancada por Leandra ou Ana Bela, e confesso que senti meu coração arder de contentamento naquele vinte de fevereiro. Depois, tive medo do dilúvio que a madre Rosa previra ainda para este ano do Senhor de 1762. O novo Cristo deverá nascer de uma de nós, que se casará com dom Sebastião. Diziam que será Rosa a noiva. Mas ela é preta e velha, seria melhor e mais lógico se fosse de uma de nós, e eu sempre pensei nisso no secreto do meu sentimento. Confesso.

São muitos os meus pecados, e grande é a confissão que tenho que fazer. Mas sempre que eu me confessava ao padre Francisco aqui no Recolhimento, ou mesmo ao padre Agostinho, quando aquele provincial-velho ainda era vivo e se chamava de orientador espiritual de Rosa, mesmo naquela época dizia Rosa que eu fazia confissão nula. Uma vez, ela pôs uma caveira na minha mão, e pôs ainda outra caveira igual na mão de Jacinta, e outra mais feia na mão de Ana Maria. E disse que Deus lhe mostrava minha alma muito preta, que diante de Deus eu era preta como carvão, e que minha vela estava apagada, porque eu havia falado de segredos que se passavam ali, que havia sujado o mistério divino com minha língua indiscreta, e que falara de coisas que não sabia. Era mentira, porque eu não falara de nada a ninguém de fora, somente falara à irmã Teresinha. E então tive medo de ir ao purgatório, e naquela tarde me penitenciei com a corda de Rosa, e deixei que ela me surrasse até que minhas costas se rasgassem como pano velho.

Eram muitas as surras que eu levava aqui.

Desse castigo que acabo de contar me lembro ainda das feridas e tenho cicatrizes feias como as dos negros desobedientes. Mas a outra surra, que contei antes nesse relato, quando fiquei com as pernas e as nádegas expostas no coro da igreja, foi aquela surra a maior humilhação da minha vida inteira. Ela aconteceu muito antes da prisão de madre Rosa, e eu não tinha esperança de voltar ao Rio das Mortes, como tenho hoje. Lembro-me que indaguei minha irmã depois, com as nádegas e as pernas esfoladas, deitada de bruços sobre a minha cama cheia de piolhos.

— Franscisquinha, o que fazem com você no quarto da madre Rosa ela e o padre?

— Minha irmã, eu lhe disse de outra vez que ele tira o Afeto da nossa mãe, mas aquele demônio volta, então precisam de mim para acalmar o Afeto novamente.

— O Afeto faz o quê, e como você o acalma?

— Faz coisas que não posso revelar, porque senão minha alma se perderia.

— Dói?

— Dói muito, e quando dói é preciso resistir, mas depois vem o júbilo que Deus permite aos que expulsam o Afeto.

Suspirei nesse dia, não entendia o que ela queria dizer com aquelas palavras meio infantis e enigmáticas, mas comentei a história com a irmã Teresinha, e ela falou com a madre Maria Teresa, que oficialmente era a regente do Recolhimento, mas que era obediente à madre Rosa como uma de nós. Naquela tarde porém ela já andava bem desgostosa com madre Rosa, ao que parece, porque não me puniu pela intriga. Apenas a vi fechar os olhos por alguns momentos, e depois a ouvi dizer que ela e o frei Agostinho em pessoa falariam ao bispo que a mãe Rosa e o padre xota-Diabos faziam sem-vergonhices com minha irmãzinha depois das doze badaladas do relógio do Colégio dos Jesuítas, que outras pessoas já haviam visto aquilo. Passaram-se três dias, e Rosa foi expulsa do Recolhimento, e então achei que teria tempos de paz. Mas ela voltou oito meses depois, e voltou muito pior.

— Francisca, sabe que o que fazem com você é pouca vergonha?

— Eu não sei.

— A irmã Teresinha disse que é. Se fica sem roupas, é pouca vergonha.

— Eu vou falar com a mamãe Rosa e com o papai Francisco...

— Seu pai é o Pedro Rois Arvelos, sua tonta! — Bati com força na cabeça dela. — Rosa não passa de uma negra embusteira e endemoniada que já devia ter queimado em uma fogueira qualquer.

— Faustina!

— Eu sei o que digo. Olhei para as traves do teto ao ver que minha irmã crente chorava silenciosamente e me lembrei da tarde em que Rosa chegara ao sítio de meus pais, nos arredores de São João del Rei.

Estava esfolada. As costas eram carne viva. Havia tomado uma boa sova de chicote no pelourinho em Mariana. Devia estar morta. Mas Deus a queria viva e testemunho seu na terra. Então meu pai a levou. A escrava de Ana Garcês, aquela mulher amaziada ao Paulo Durão cujo filho havia saído para o reino e se tornado padre e poeta, era o que diziam. E eu ali, prisioneira naquelas terras horrendas e incivilizadas. Nunca seria mandada para o Reino, não podia ir a lugar algum. Minha mãe se queixava dia e noite daquele lugar. Calor infernal, queria voltar a Lisboa. Triste fim, morrer naqueles morros horrorosos cercados de negros e índios embrutecidos. E eu, Faustina, o que seria de mim naquela terra violenta?

Mas a santa Rosa tinha visões. Chegou um dia em minha casa, e no outro dia o menino Jesus já sumira de seu lugar. Procuraram, procuraram, e por fim foram encontrar a imagem bem no peito da preta. Milagre. Meu pai Pedro Rois Arvelos, que era sobrinho do padre Francisco, ajoelhou-se e beijou os pés de Rosa. E lá ficou ela, em orações, em rezas, em visões, em exorcismos, em terços, em devoções, em profecias. Uma escrava preta como carvão, que nunca trabalhou um dia sequer no sítio do meu pai. Tínhamos poucos escravos, e, no fim, todo mundo ajudava um pouco. Mas a Rosa só se ocupava de suas visões, e parecia ir tudo bem. A preta Benguela a detestava, porque a conhecia das épocas do meretrício, e não acreditava naquela beatice. E então eu li a uns meses antes de vir para o Recolhimento em uma das cartas que a madre Rosa mandou para meu pai que não deixasse a preta Benguela perto "das meninas". Ela sempre achou que podia mandar no sítio nosso e até na minha mãe, mesmo daqui do Rio de Janeiro. Preta falsa.

> *Me perdoem esta matraca, mas assim convém no que respeita a crioula Benguela e o mulato, e, para haver quietação, mande o mulato para a fazenda de gado, e ela, açoitem-na bem e tragam-na bem diante dos olhos. Também não quero o mulato aí, por amor das meninas, porque uma carne danada metida no meio de outra que está sã também a dana. Também não quero que os irmãos machos tenham cama junto com as fêmeas: quero que os criem com o santo hábito do temor de Deus e que Vossas Mercês se mostrem severos com eles, para que saibam temer a Deus. Não deveriam Vossas Mercês dar tanta liberdade para os filhos, não deixá-los especular nem falar com os escravos da casa.*

Quem Rosa pensava que era, desde o tempo daquelas cartas? A Benguela é uma imoral e uma perdida, mas é uma boa escrava. E Rosa se acha superior e fingiu essas possessões o tempo todo, agora tenho certeza disso. Ela pensa que vamos nos perder como ela se perdeu, porque era uma prostituta suja quando resolveu virar beata.

Quando meu primo veio nos visitar e falou conosco por essas grades do Recolhimento, ela ficou brava, e acho que entendeu que não quero viver como ela, meu pai e meu padrinho, o padre Francisco, querem que eu viva. Esposa de Cristo. Eu sei que a vida fora dessas grades é feia e perigosa, mas aqui também conheci a feiura, e não quero obedecer preta forra, santa ou não. E ela não sabe, mas meu primo me mostrou a carta que ela Rosa enviou logo que cheguei ao Recolhimento para o Rio das Mortes, para a minha pobre mãe.

> *Não é bom que tenha dado poder de governança das outras à Faustina. Que agora não quer ser governada. Assim é o mal do qual padecem as moças da América Portuguesa, que pensam ser fidalgas. Faustina confessou-se na véspera do Corpo de Deus, mas fez confissão nula, porque tinha em seu coração desobediência e rebeldia de vontade, ficando toda negra como tição, causando grande admiração em quem a viu, pois ela considerava vil a casa do Recolhimento e conservava ódio a seus pais por terem-na trazido para cá: é o mesmo pecado de Lúcifer. Como ela não escreve nada disso a Vossa Mercê, nem pede perdão, é sinal de que ainda está pertinaz. Francisca está mais conformada, e Leandra não quer viver em outro lugar, apenas no sacro-colégio.*

A Leandra era escrava do meu pai antes de conhecermos a Rosa. Ela é uma crioula pernambucana, que veio vendida por um mercador de escravos, que a comprara por sua vez de um mercador em um arraial empoeirado qualquer entre as Gerais e a Bahia. Ela diz que andou mais que todas nós, porque veio por trilhas durante meses, trocada, vendida, negociada, várias vezes e por diversos donos, rio abaixo e ladeiras acima, desde o Pernambuco até as Minas. E ela se afeiçoou a Rosa assim que a viu, e as duas se tratam por mãe até hoje. Uma é mãe da outra. É estranho, mas sempre foi assim. Porque madre Rosa virou a mãe de todas nós aqui no Recolhimento, portanto, mãe de Leandra também. Mas Rosa já a chamava de mãe desde o Rio das Mortes e desde o sítio do meu pai, onde se conheceram.

Leandra me detesta. De todas aqui neste Recolhimento, é a que me tem mais ódio. E eu entendo, porque ela era a escrava da minha mãe, e minha mãezinha sabia botá-la em seu lugar quando precisava. Mas, então, um dia no sítio do meu pai, ela se esqueceu de olhar minha irmã Francisca, porque se entregava ao pecado com o capataz, e lá atrás da pequena plantação de milho do meu pai os dois estavam no chão como dois cachorros na fazeção, quando Francisca recebeu um coice de cavalo que quase a deixou paralítica.

Minha mãe ralhou muito com a Leandra e a pôs em ferros por longo tempo, agora não sei mais por quantos dias. E eu me lembro que ela me pediu para lhe tirar os ferros só por um pouquinho, e me pediu qualquer coisa que neguei, e ela me odeia desde aquele dia. Eu tinha dez anos e não queria desobedecer minha mãe, e aquela negra precisava de uma lição. Só que as coisas iam muito misturadas, e depois ela ficou solta dos ferros, e minha mãe mesmo já autorizava que ela desse safanões em mim e na Francisca, se fosse para nos corrigir, e ela fazia com gosto. Depois, punha-nos no colo e penteava nossos cabelos e arrumava com fitas. Então, um dia chegou Rosa em nosso sítio, e Leandra e ela se afeiçoaram, Rosa via o menino Jesus, a imagem dele aparecia no peito dela todas as manhãs, saindo do oratório trancado à chave durante a noite como por milagre, e durante o dia o Afeto a possuía, e o padre Francisco meu padrinho tirava o demônio dela várias vezes. E de Leandra. E muita gente se ajuntava para ver o diabo saindo e entrando de novo no corpo delas. Eu tinha medo e ainda tenho. Mas nunca acreditei tanto naquelas duas.

Então veio carta de Rosa para o Rio das Mortes depois que ela havia ido com o padre para o Rio de Janeiro. Ela pedia que *"Francisca e Faustina e também as outras sejam entregues como vítimas dos Sagrados Corações, porque o menino Jesus assim quer"*. E eu disse que não queria, e chorei, e cheguei a escrever para o meu primo, que me ajudasse. Eu sei ler e sei escrever, minhas irmãs sabem ler, porque nossa mãe nos ensinou. Então escrevi, pedi a ele para falar com meu pai, eu não queria sair do Rio das Mortes, muito menos ser freira no convento da preta Rosa, para onde a crioula Leandra iria também. Mas meu pai interceptou a minha carta ao meu primo. E me deu uma surra de vara, tão forte que fiquei uma semana de cama e sem poder me sentar. Minha mãe me lavou com sal e me disse para obedecer e para cuidar da Francisca. Então eu vim Mantiqueira abaixo, detestando cada curva do caminho e engolindo o choro todos os dias, para evitar a vara do meu pai.

Minha mãe disse na época que Leandra havia mesmo virado beata, e que a Rosa era santa de primeira qualidade. E que seria o melhor para nós a vida no Recolhimento. Eles não podiam pagar convento caro para nenhuma filha, e não era bom ficarmos misturadas na escravaria naquelas Gerais, onde muita moça sujava seu nome. Então era melhor ir ao Recolhimento, que teria ainda um custo pequeno, meu pai ia ajudar com esmolas, e teríamos uma boa educação, e seríamos preparadas, porque o Reino de Deus estava próximo, e em pouco tempo o dilúvio engoliria a todos mesmo. Rosa era santa, meu pai tinha certeza. E ele a tinha comprado com esmolas que ele e o padre Francisco ajuntaram poucos meses antes de saírem o padre e ela para o Rio de Janeiro. Acontece que a escrava

Rosa era da dona Ana Garcês, do Inficcionado, como falei antes. E então meu pai comprou com as esmolas um moleque e deu para a dona Ana, porque essa troca era a condição para que Rosa ficasse com a gente, e que fosse livre.

Rosa valia muito mais que um moleque. Só que ela tinha um lado já meio paralisado, o lado direito, por causa das chibatadas no pelourinho em Mariana. E, depois, isso foi caridade da dona Ana, que acreditava que ela era beata e santa mesmo. Então, Rosa ficou forra só pelo custo de um moleque, e faz uns poucos meses que mandou vir sua carta de alforria de lá do Rio das Mortes, e quando eu soube que ela tinha escrito a meu pai pedindo que ele mandasse a carta para o Recolhimento, entendi que ela estava com medo de alguma coisa. Entendi e tive esperanças.

De todos os padres lá de Vila Rica e do Inficcionado e de Mariana, e também do Rio das Mortes, quem a detestava mais era o padre vigário da Igreja de Nazaré, no Inficcionado, onde Rosa primeiro começou a ficar vexada com o demônio. Foi ali que ela incorporou e recebeu o coisa ruim, e esse padre Jaime lhe pôs os exorcismos, depois se recusou para sempre a ouvir-lhe a confissão, disse que era mentirosa. Padre Jaime ficou com raiva dela, disseram, porque Rosa segredou ao padre Francisco, quando meu padrinho foi visitar aquele povoado, que ficasse em outra casa e não se hospedasse na casa paroquial, porque padre Jaime era dado a ter amantes e vivia amaziado. Padre Francisco ouviu a negra que conhecera na igreja e exorcizara pela primeira vez, recusou a hospedaria do padre Jaime, e, a partir dali, aquele vigário a detestou, e depois a chamou de meretriz e cachorra. Depois, ficou sabendo que Rosa estava em oração do terço com o padre Francisco na casa da dona Escolástica, ali perto, e que uma borboleta passava pelo rosto de Rosa durante o terço inteiro, e que padre Francisco disse que era o Espírito Santo, e que a preta era sua filha escolhida. O padre Jaime ficou com muita raiva disso, e aumentou-lhe a antipatia da ex-meretriz das Minas, e Rosa foi então para o Rio das Mortes, porque aquele vigário se recusava a ouvir suas confissões, e ela não podia mais viver sem os exorcismos diários do padre Francisco.

É certo que Rosa era prostituta, mas, quando isso se passou, ela tinha largado essa vida errada havia um ano. Ela se deitara com todos os homens daquelas minas todas, mas depois vendeu as joias e os vestidos que conseguira com aquele dinheiro pecaminoso e se convertera a Deus. Isso é verdade. Mas ela continuou a dançar o batuque na igreja, e eu não acho certo isso, ainda mais quando ela levanta as saias com indecência no coro. E, no dia em que ela dançava e profetizava sobre as almas do purgatório, Leandra bateu minha cabeça contra o chão com tanta força, que caí desacordada, e depois Francisca me disse que madre Rosa teve que pedir para parar, ou ela teria me matado. Mas isso tudo foi depois que a madre Rosa escolheu as evangelistas.

Evangelistas da madre, do Novo Mistério da Redenção, que ia acontecendo ali no nosso Recolhimento. São Mateus era a Ana do Coração de Jesus, São Marcos era a Maria Rosa, São Lucas era a Ana do Coração de Maria, e São João era a Leandra. Foram nomeadas em um dia em que estávamos no coro em oração do terço de Santana. Eu confesso que pensava no meu primo naquele dia, e queria muito comer um pedaço de pão, porque por aqueles tempos eu passava pela penitência da fome, que durou um ano para mim, depois, para Francisca. Então eu sonhava com bolos e com meu primo me tirando dali quando chegou madre Rosa dançando. E apareceu com um balaio e papeizinhos escritos por sua secretária, a irmã regente Maria Teresa, e entregou aquele balaio para Ana Bela, que era a Ana do Coração de Maria, ex prostituta do Rio de Janeiro e preta como carvão. E ela tirou um papelzinho e ficou sendo São Lucas. E depois o outro papelzinho foi para a recolhida Leandra, nosso são João, e outro foi para a Maria Rosa, destinada a fazer as vezes de São Marcos, e o último papelzinho foi para a Ana do Coração de Jesus, nosso São Mateus, outra preta semi-analfabeta vinda do Arraial do padre Faria perto de Vila Rica que mal sabia escrever três frases. Então, a missão das evangelistas era anotar tudo o que se passava ali. Tudo, absolutamente tudo, porque aquilo seria importante no futuro, dizia o meu padrinho. As visões, as profecias, e eram muitas todos os dias. Mas acontece que essas evangelistas não sabiam escrever, então quem anotava tudo éramos nós. Eu, Francisca, Jacinta e Genoveva. Cada uma de nós se tornou secretária de uma evangelista, e confesso que enchi mais de trezentas folhas de profecias e visões nos últimos meses. Esse foi meu pecado, enchi de heresias muitas folhas limpas, mas fiz porque me obrigaram. E Ana Bela, a Ana do Coração de Maria, também me ameaçou com dentadas, um dia em que dizia que estava cansada demais para anotar. Então anotava. Então anotei. Mas tudo virou cinzas depois, porque o padre Francisco nos fez queimar tudo no dia em que madre Rosa foi presa. Não sobrou nada, nem uma linha, nem uma letra.

Mais que isso que conto não posso dizer, porque creio que essa é toda a verdade da minha confissão. Quero voltar ao Rio das Mortes, cuidar dos meus irmãos menores. Por favor, deixem-me voltar. Tomei as ordens neste Recolhimento forçada por meu pai e por meu padrinho, em 1757. E hoje garanto que padeci de muitas provações, e quero e preciso voltar para a minha casa. Não tenho nada com essa preta embusteira, e meu pai foi enganado por ela. Sou Faustina Rois Arvelos, e esta será minha confissão ao carmelita, comissário da Inquisição. E um dia, quem sabe, irei a Portugal, e levo minha mãe para longe desta terra maldita e suja.

****

Brás

O homem abriu e tornou a fechar os olhos, porque o sol entrava pelas grades e batia direto em suas retinas. Era difícil voltar a dormir depois daquela hora na cela da Cadeia da Relação, porque a claridade tornava-se insuportável até mesmo para os olhos mais escuros. Brás pensou no seu senhor, preso e atrás de outras grades em algum lugar da prisão do Aljube, cujos olhos cor de mato seco deviam penar muito mais com aquele sol do início da primavera tropical, e, sem querer, sorriu, com pena do velho.

Torcia intimamente pela soltura do xota-Diabos, para que pudesse finalmente sair daquelas celas apodrecidas. Ele próprio não estava tão jovem mais, e tinha feito amigos no Rio de Janeiro, pelo entorno do Recolhimento. Era negro de serviços respeitado, o hortelão do Recolhimento das freirinhas do Parto. Havia agora também a Marta, que ele podia ver de vez em quando, nas idas à quitanda e ao chafariz, ou mesmo quando era mandado com algum recado ou serviço para o convento de Santo Antônio dos franciscanos. E, o mais urgente, que fazia sua cabeça latejar diariamente ali: não queria voltar às Gerais, ainda mais com outro dono.

Fazia seis meses agora que ele estava preso naquela cela cheia de catinga, e fazia seis meses que comia migalhas que pessoas caridosas lhe jogavam pelas grades. O padre Francisco e madre Rosa ao menos teriam tido melhor sorte, com aquele sinhô Domingos das Gerais que era devoto de Rosa e, pelo que tinha ouvido falar por um dos guardas, andava comprando farinha e toucinho para os dois e mandando despachar lá para o Aljube. Sinhô Domingos ele tinha visto inclusive ajoelhado numa tarde pelo meio daquela rua empoeirada, virado para a direção onde ficava o Aljube, e viu isso de dentro de sua cela e pelas grades. Pensou que Rosa devia estar ainda presa lá, já que o senhor se ajoelhava, e suspirou aliviado, porque não tinham matado a santinha, e ainda poderia acontecer o milagre que ela previra.

Santa Rosa.

A Flor do Rio de Janeiro, perfume dos anjos, rainha dos santos, Mãe da Misericórdia, intercessora das almas, renascida do céu, Coração de Jesus, a santa preta do Brasil. Era muito grande a maldade de quem mandava Rosinha para aquele Aljube, mas o diabo nunca dorme e havia feito sua obra por fora do Recolhimento, foi o que sua madre Rosa disse, e ele acreditou.

No dia em que Rosinha foi presa, ele sentira um calafrio estranho ao sair ao quintal de madrugada para começar as tarefas diárias. Ia direto pegar água com os baldes de costume. Rezou três padres-nossos de joelho atrás do poço que havia do lado de trás do Recolhimento quando primeiro viu um redemoinho de vento. Depois, ao descer e subir de volta o balde pela corda com a água, sentiu cheiro de coisa podre ali. Jogou a água toda fora, benzeu-se três vezes e correu até seu quartinho, onde guardava as relíquias da santa. Tocou no retalho velho de uma das saias dela, e depois e como garantia foi até suas pedras e apertou bem uma delas junto ao peito, essa pedra era abençoada e trazia a proteção dos seus mais-velhos da África. Nunca contou nada ao padre seu senhor nem a Rosa sua senhora daquele incidente da água podre, mas sentiu medo do que viria depois.

E estava certo.

Ao meio dia em ponto daquele 20 de fevereiro, o senhor Alexandre Peixoto, familiar da Inquisição, morador da freguesia da Candelária, entrou no Recolhimento com guarda e tudo, e levaram dali já presa a santa, de hábito, como Jesus no Getsêmani, depois o padre Francisco falou. Só faltou o beijo de Judas, mas esse já havia sido dado muitas vezes pela freirinha Ana Maria portuguesa, e ele tinha certeza de que fora de sua autoria aquela maldade.

Brás sentou-se no chão frio e úmido de terra batida da sua cela e quis dormir de novo para passar o tempo, mas era impossível agora, com aquela claridade esparramada e se arreganhando ali dentro. Coçou a barba suja e o corpo já ferido com as mordidas dos pequeninos habitantes noturnos da cadeia. Pegou a moringa com um resto de água e bebeu, controlando os goles, porque não sabia quando veria água novamente. Sentiu então a urgência de se aliviar e foi até o pote que havia no canto da cela. Defecou, agachado, e aquela atividade doía cada dia mais, era preciso admitir. Ouviu então a voz dos outros companheiros de cela rindo de alguma piada sobre um dos guardas e voltou a se enroscar em seu canto.

A cela era pequena e úmida, compartilhada com outros quatro infelizes que haviam cometido crimes que Brás julgou horrendos e merecedores de castigo. Dois que haviam vindo da Bahia havia poucos anos envenenaram os senhores, outro havia matado uma negra de quem era amaziado, e um último havia roubado um porco do patrão. Este último estava preso porque o patrão se recusara a castigá-lo, porque parece que os crimes de furto dele eram continuados e incorrigíveis, então teria mandado o escravo para a cadeia para ver se ele se emendava. E os dois comparsas do crime de envenenamento invocavam constantemente os deuses do demônio naquela cela, e Brás não conhecia os poderes dessas divindades novas que chegavam ali com alguns escravos da Bahia e se calava, porque sabia que não deviam ser invocadas, mas clamava os Sagrados Corações, Santana, São Joaquim e Santa madre Rosa. E por fim invocava Oxalá, que era como estavam chamando Jesus na cela, então dava licença para esse santo-deus, mas preferia invocar seus ancestrais, se fosse o caso, e depois rezava um Credo e esperava que as previsões de Rosa se cumprissem em breve.

O seu senhor e dono, padre Francisco, fora levado dezoito dias depois da prisão da madre, preso e acorrentando pelo mesmo familiar, esse Alexandre Peixoto. Quem diria. O senhor Alexandre, um homem de bem, de família tão bonita de se ver, com aquela sua senhora jovem de olhos constantemente bonitos com uma melancolia silenciosa, e uma sua filharada toda bem vestida, e mais as mucamas, e sempre todos na igreja, e sempre esse homem tão amigo do padre. Mas o diabo fizera bem seu trabalho. E agora era o tempo da provação e dos dias finais.

Desde março do ano de 1759, Brás já esperava esse dilúvio, e todos os devotos de Rosa esperavam o dilúvio, e aquele cometa no céu em várias noites na quaresma havia sido um sinal tão claro de Deus. Depois o dilúvio não veio naquele ano, por reza forte de madre Rosa. Passou-se o tempo, as evangelistas escrevendo todas as maravilhas de Deus naquelas folhas, e o Recolhimento da santa preta com prestígio entre as senhoras brancas do Rio de Janeiro. Ele tinha orgulho disso, e gostava de ver senhor branco se ajoelhando e beijando os pés da mãe Rosa pra conseguir indulgências no céu. E, depois, agora já era o ano de 1762, e o dilúvio todo segurado nas nuvens pesadas que não caía sobre aquelas ruas de terra batida por obra da intercessão de madre Rosa e por feito das intimidades dela com o menino Jesus. Mas agora ela presa, essas águas iam despencar do céu sem demora. E ele ali, naquela prisão. Tenha misericórdia, meu Cristo e meus mais-velhos. E minha Mãe das Candeias e dos Navegantes.

O dia ia se passando arrastado como todos os outros ali naquele infeliz cubículo quando uma batida repetida nas grades retirou Brás dos seus pensamentos. Era um dos guardas, o mais carrancudo dos três, e o escravo do xota-Diabos demorou um pouco para entender que ele o chamava.

— Saia, crioulo. Acontece que vai solto hoje. Chagaram aí o tenente e o senhor Peixoto para resolverem sua situação.

Fazia seis meses, mas parecia ter durado uma eternidade. E Brás atreveu-se a levantar a cabeça para ver um pedaço grande do céu quando finalmente saiu da cadeia. Tinha as mãos acorrentadas e ferros no pescoço e andava surpreso com a quantidade de luz agora que havia fora da cela úmida. O Alexandre Peixoto o mandou atravessar a rua, mas ele olhou para a direção do Recolhimento e fez o sinal da cruz.

Minha mãe, seu coração
Arde em chama abrasado
Por estar sempre unido
A Jesus sacramentado

Espírito Santo Divino
Dai-me luz para tirar
Cantigas à vossa serva
Para mais a exaltar

Minha mãe, seu coração
É cofre de amor divino
Secretária de Maria
Rosa de Jesus Menino

Rosa, oráculo dos justos
Tesouro da contrição
Pureza é que veio ao mundo
Esta nova redenção

Minha mãe tem em seu peito
A divina majestade
Porque é esposa amada
Da Santíssima Trindade

Minha mãe é céu brilhante
Da Santíssima Trindade
Cofre do amor divino
Tesouro da divindade

Pecadores, chegai todos
Ao colégio de Jesus
Que nele tereis entrada
Por Rosa da Vera Cruz

Ai Deus, Deus de minha alma
Jesus do meu coração
Quero-vos amar, meu Deus,
Dai-me dor e contrição.

Povo, se quereis saber
A quem desprezais vós tanto
A Rosa da Vera Cruz
Que voz cobre com seu manto

Hino bonito aquele, feito pela menina Arvelos, a menorzinha. O familiar Peixoto apressou o passo em direção à rua Direita, onde havia o mercado de escravos, e Brás sentiu um arrepio nas costas e um enjoo nas pernas. Lembrou-se do dia em que um dos biscoitos da madre curou sua espinhela caída e suspirou.

A irmã Ana do Coração de Jesus, sua antiga vizinha do arraial do padre Faria, forra, e agora uma freira recolhida, preta como ele. São Mateus. Ela junto com a cozinheira, a irmã Teresinha, faziam os biscoitos do cuspe bento da madre Rosa com farinha e uma pitada de açúcar. E aqueles bolinhos curavam qualquer doença mais grave, e ele era testemunha viva desse milagre. Vira coisas demais naquele Recolhimento para não acreditar. A saia de Rosa, que as freirinhas todas enfiavam uma na cabeça da outra freira que ia possuída pelo demo. E o coisa-ruim saindo como por milagre do corpo encapuçado com aquela saia benta. Louvado seja Deus. E as coisas santas todas, desde o trajeto das Minas até o Rio de Janeiro, pela dureza dos morros da Mantiqueira há onze anos. "Como posso entender, se não há quem me explique?", disse o eunuco a São Filipe.

Naquela época, seu coração estava endurecido, e zombara da santa Mantiqueira abaixo com outros escravos ímpios, porque a vira com os peitos de fora a cavalgar no membro do padre seu senhor, na estalagem perto da fazenda do juiz de fora no Caminho Novo, e aquilo lhe dera nojo. Depois, o padre Francisco lhe explicou que aquele ato todo era obra do torto e expulsou o diabo dela várias vezes, e, depois do que houve no Recolhimento, ele acreditou. Tinha que ser sinal de Deus aquilo, porque ela dissera que ia fundar um Recolhimento para pretas arrependidas do meretrício como ela, e ele, cabra Brás, escravo experimentado nas Gerais, não podia acreditar nisso, e riu em seu íntimo e zombou como o ladrão pecador zombara do Cristo crucificado ao seu lado. E, em apenas três anos seguidos desde a descida da Mantiqueira, lá estava lançada a pedra fundamental, e em mais três anos lá estava erguido e inaugurado o Recolhimento com missa solene e tomada de hábito das meninas Arvelos, em meio a tão bonito sermão do frei João Batista do Capo Fiume. Então ele viu e acreditou.

 Ele ouvira a madre Rosa dizer ao padre Francisco seu senhor que sonhara que padre Carvalho deveria mandar o dinheiro para a construção daquele prédio abençoado ao lado da capela pobre de Nossa Senhora do Parto. E o dinheiro veio, quatro vinténs, porque aquele padre Carvalho era devoto da Rosinha, e ela e mais Leandra varriam sua igreja lá no Rio das Mortes antes de virem para o Rio de Janeiro, e numa daquelas varreções na igreja de João Batista foi quando o Espírito Santo disse à santa que aprendesse os segredos da escrita, e depois Nossa Senhora da Piedade em pessoa apareceu a Rosa lhe segredando que pedisse essa quantia para o padre Carvalho. E, depois que Brás viu chegando ali o dinheiro, como continuaria a duvidar desses mistérios divinos? Rosa era preta como ele e africana de nação courana, mas então passou a escrever teologias, mandar em todas as noviças e na regente dona Maria Teresa, e muito padre vinha lhe pedir a bênção, e o frei João Batista se ajoelhava a seus pés negros e os beijava. Com aquela santidade que ela exalava a todo o tempo pelo Recolhimento, fazendo tantas maravilhas, ele acreditou. Acreditou quando viu o quadro dela na igreja, sendo incensado pelo xota-Diabos, e quando ela falou do morro do Fraga e do dilúvio que viria neste ano de 1762 agora sem falta.

 Morro do Fraga, capitão Fraga, devoto da santa. Aquele era um homem ruim demais, tal e qual o pai dele, mas santa Rosa o havia mudado também. Mas ele-Brás não podia se esquecer dos crimes do capitão, só perdoar. E então Rosa dizia que ele fora para o céu, mas, no seu íntimo, Brás acreditava que o Fraga junto com o pai dele ardiam pelo menos nas labaredas do purgatório, mas acreditava nisso no quieto dos seus pensamentos, porque ele não era das teologias nem dos escritos, mas vira com seus olhos maldade atrás de maldade daquele homem das Gerais, e no fundo não entendia como uma gente ruim como aquela podia estar no céu junto de uns santos bons, como a Santa Bárbara e o São Sebastião, ou a Santa Luzia por exemplo, que tinham dado a vida pelo Cristo, mas ele não ia discutir isso com o padre nem com sua santa preta. Uma vez chegou a comentar o caso com a Leandra, irmã agora do Recolhimento, que o repreendeu e ainda contou à madre Rosa, que contou ao padre, e ele ficou sem comer por dois dias por duvidar dos mistérios divinos, e ainda tomou vinte bolos nas mãos da palmatória da Rosa para que crescesse sua fé.

Capitão Fraga. Nem matava, só mandava matar mesmo. Desde menino era o cão, e ele tinha visto esse capitão sem bigode e com calças curtas ainda agarrado à sua mãe preta antes de virar homem feito e poderoso nas Minas, quando ele-moleque-Brás chegou ali com um bando de outros meninos pretos com o tropeiro seu dono vindo de São Paulo. Aquele filho do demo herdara uma mina ali perto do Inficcionado, e uma mina ruim, que não valia muita coisa, e do tipo enganosa, como aliás o arraial inteiro era enganoso. Por isso mesmo se chamava Inficcionado, porque toda a gente correra para lá atrás de muito ouro, que depois nunca apareceu muito bem por aquelas minas e riachos. O morro era inficcionado, assim como aquela riqueza que nunca acharam de verdade.

Ele era rapazote também assim como o falecido Fraga quando viu muitos mineiros chegando loucos por ouro, alguns de Vila Rica, outros de Congonhas, do Rio das Mortes, e muitos direto de São Sebastião do Rio de Janeiro, com uma escravaria que só aumentava a quantidade de pretos das Gerais. Muito homem, pouca mulher, diga-se de passagem, e em geral pretos baixos, para o trabalho nas minas. Então, havia Rosa e Leandra, mas eram poucas as mulheres do garimpo, e ele mesmo teria se deitado com uma das duas se tivesse qualquer pepita ou lasca de ouro para pagar pelo serviço delas na época.

    Sem pó de ouro nenhum, conformava-se em escutar os casos dos escravos mais afortunados que conseguiam algumas horas com uma das duas, e a Rosinha era nova e mais bonita de corpo que Leandra, e os homens negros e brancos desde o arraial do Inficcionado até Vila Rica já haviam se deitado com ela e contavam como era esperta e como valia a pena o ouro investido num passatempo daqueles. Ele passava muitas noites acordado pensando nos peitos da Rosinha; depois acabou se contentando em aprender os mistérios da vida adulta com uma índia menina que havia sido dada de brinquedo para o jovem capitão Fraga e de vez em quando era emprestada pra divertir também a escravaria. A escravaria de porte baixo, aqueles escravos homens atarracados que tinham vindo do Rio de Janeiro. E foi apenas ele-Brás aprender a virar homem com a indiazinha que a noticia correu, e então veio a maldade do pai do capitão, mas ele afastava todos os dias esse pensamento doloroso como quem afasta mosca, tentando repetir uma oração ensinada pela madre Rosa. Mas foi também naquela época que o sinhozinho Fraga, que ainda nem era capitão, resolveu usar a mina ganhada de um seu tio, e foi naqueles dias que começou seu infortúnio, depois da grande maldade.

    Brás havia sido poupado das minas até aquele momento,

quase como um milagre perverso de Deus, que dá boas coisas e acostuma mal seu corpo, para depois trazer os tempos de provação sobre sua cabeça. Ele cuidava do pequeno rancho, dos pastos, dos bois; e o pai do futuro capitão Fraga, que o comprara do tropeiro de São Paulo, ainda não possuía mina nenhuma. Foram dias bons aqueles. Mas então ganharam aquela mina no Inficcionado e mandaram para lá sua escravaria, incluindo ele, isso depois de cicatrizado da ferida que ele lutava para manter longe da memória. Brás não era mais criança e não tinha altura pequena para entrar até os túneis mais fundos, era preto mais alto, mas tinha que ir mesmo assim, porque havia poucos meninos pretos, poucos pretos baixos, estavam trazendo mais crianças do litoral, mas elas morriam com frequência sufocadas ali, porque não tinham agilidade nem esperteza para sair tão depressa das galerias quando o ar estava no fim, e além disso eram em número insuficiente, com poucas mulheres pretas para gerar mais meninos para as minas, e com poucas remessas de crianças atravessando a Mantiqueira para resistir apenas alguns anos. Aqueles foram tempos de muita provação.

Na mina do capitão Fraga, não tinha ouro quase nenhum. Mas Brás e outros só podiam ganhar a ração quando completassem uma bolsa cheia, e aquela tarefa era quase impossível. O barulho dentro das galerias, das picaretas de metal, era ensurdecedor. E, em poucos meses, ele havia ficado cego do olho esquerdo, por causa das lascas de pedra, e andava meio surdo dos dois ouvidos. Suas costas desenvolveram um caroço naqueles dias que nunca mais sumiria depois. Era rapaz sem a altura adequada, e mesmo assim fazia parte dos que eram enviados aos corredores mais profundos. Um dia, a fome era tanta, o desalento da ferida que ia se curando era tão profundo, que deitou-se no chão de um corredor estreito e escuro e esperou por ali mesmo o sono bom da morte aliviar seu estômago e seus membros. Mas Deus e os santos tiveram outro plano, porque um capataz o arrastou pelas pernas, pensou mesmo que era um cadáver. Brás ficou do lado de fora ainda caído por alguns minutos, até se levantar como bêbado. O capataz o chutou três vezes por tê-lo feito arrastá-lo de dentro da mina, e uma das suas costelas se partiu com aqueles chutes agudos, mas ele entendeu o capataz, porque era duro carregar peso para fora daquelas galerias, ele não era leve, e o homem o arrastara por muito tempo.

    A vida continuou nas minas, dois anos se passaram ali, e o menino Fraga se tornou homem e capitão, comprou uma mina boa em Vila Rica e queria mandar a escravaria para lá, mas ainda não queria se desfazer daquela mina ruim no Inficcionado, então continuou insistindo mais um pouco naquele buraco sem ouro, até que um dia chegou ali pessoalmente, e levava novo carregamento de negrinhos que havia mandado vir do litoral. Brás se lembrava daquelas crianças ainda quando morava no Recolhimento, e mesmo sua conversão e suas orações nunca afastaram de seu coração os choros que ouvia daqueles negrinhos nas madrugadas mais frias ou quando passava por algum cruzeiro à noite. Alguns daqueles recém-chegados tinham apenas seis anos. E tinham que ser amarrados com uma corda pela cintura, porque perdiam-se nas galerias e não conseguiam achar o caminho de volta. Outros daqueles moleques maiores, de oito e dez anos, tinham a infeliz ideia de se desamarrarem lá no fundo das minas para tentar galerias diferentes em uma fuga, e depois o cheiro dos pequenos cadáveres sufocados era insuportável. E, por mais que batessem nas pedras por doze horas, que rasgassem os pequenos dedos, que ficassem cegos e surdos, não havia ouro na mina. E, então, depois de perder quase metade do lote de negrinhos, o Fraga finalmente desistiu daquela mina inficcionada.

Mandou os sobreviventes para a sua mina nova em Vila Rica, e Brás foi também, e achou mesmo que teria vida melhor ali. Porém, o ouro no interior daquelas grutas era disputado a sangue, cada escravo lutando pela sua ração diária, e ele viu um negrinho ter os olhos perfurados pela picareta de um escravo adulto por tentar roubar a cota de ouro dele. Todo dia era um aleijado novo saindo daquele buraco miserável para a senzala, e de vez em quando o capitão Fraga aparecia e olhava o trabalho, e foi triste o dia em que apareceu ali bem na hora em que um dos negrinhos estava tentando roubar para si um pouco do pó dourado. O negrinho faminto aos berros e amarrado teve que ser exemplo para os outros, e o capitão não queria lhe cortar as mãos pequenas, que ia precisar delas na mina. Já muitos meninos do lote novo trabalhavam sem alguns dedos das mãos naquela mina, que tinham perdido em algum acidente ali ou no Inficcionado, e o capitão não queria arrancar mais dedos de ninguém e atrasar com isso o serviço. Então mandou cortarem as nádegas do menino, duas rodelas boas, e espremeu pessoalmente ali bastante limão, e mandou deixarem o menino amarrado no sol um dia inteiro, do lado de fora da mina, e Brás ouviu aquele menino gemer o dia inteiro antes de se calarem para sempre seus gritos à noite na esteira da senzala, porque de algum jeito aquelas feridas infeccionaram, e ninguém tinha se dado conta. Ou então o menino já tinha infecção de antes, era impossível saber. Anos duros, mas roubar, de todo jeito, sempre foi pecado aos olhos de Deus.

Agora havia saído da Cadeia, onde estivera preso com malfeitores, só porque era o único escravo do padre Francisco, e, como dizia a lei, a Igreja confiscava na prisão o escravo dos que eram julgados nesses processos, e o cativo ia aguardar a soltura do preso seu dono ou seu próprio leilão.

Quando o capataz virou a rua Direita e o mandou subir no tablado, ele estremeceu, porque isso significava que o padre e a santa haviam perdido aquela luta, e porque ia ser vendido de novo, para novo dono, e não queria voltar às Gerais. Ouviu então a conversa do tenente com o capataz e fez uma pequena oração.

— O cabra Brás. De muita confiança. Eu mesmo compraria se tivesse em melhor situação financeira.

— O dinheiro da compra vai direto para custear a viagem a Portugal dos dois malfeitores, do dono dele e da preta embusteira.

— O padre Francisco não tinha mais nada? Um escravo somente? Chega a dar pena. Quando vão ser levados ao Reino?

— No próximo navio ainda, a depender da papelada. Já se passaram seis meses da prisão do velho padre. Arrisca-se o xota-Diabos a morrer no Aljube aqui no Rio de Janeiro. Espero que não.

— A preta não morre no Aljube.

— Ela não morre assim fácil, para aquela santa falsa só uma boa fogueira, mas a Igreja de Cristo é misericordiosa. Veremos.

Brás não ouviu mais nada do seu próprio leilão. Sempre teve curiosidade e quis saber quanto valia, isso era uma coisa que nunca ousara perguntar ao seu senhor, o padre xota-Diabos, e muito menos ainda ao capitão Fraga. Mas agora quando finalmente podia ouvir seu valor, seus ouvidos estavam tampados, entupidos, e o barulho das picaretas começou a crescer ali, como se estivesse de novo nas minas, à medida em que os lances iam crescendo, e logo seus ouvidos se tornavam insensíveis, como o lombo de todo preto depois de muito chicote, como o de Rosinha deve ter ficado no pelourinho em Mariana.

O pelourinho. Ele era escravo do capitão Fraga e fora ver o espetáculo, era domingo e estava de folga, e seu senhor havia ido a Mariana e dera permissão para ir quem mais quisesse ver aquilo. A negra nem apresentou sinal de dor, nem chorava, nem gemia. Talvez Deus a ajudasse, talvez o diabo a ajudasse, talvez houvesse entrado nesse estado de insensibilidade em que ele estava agora ali no leilão. Brás não sabia. Mas, depois do espetáculo, ela foi levada pelo Pedro Rois Arvelos para a casa da dona Escolástica toda sangrada, e depois para a casa própria do sinhô Pedro Arvelos. E esse sinhô Pedro era amigo do capitão Fraga, que já estava convertido e acreditado na negra por aquela altura, porque havia visto o demônio se manifestando nela no Rio das Mortes e em Vila Rica. O vigário do Inficcionado, padre Jaime, tinha admoestado o capitão e dito que aquilo era embuste de preta cachorra, mas ele, o capitão Fraga, teve um sonho terrível e foi se confessar com o xota-Diabos em uma manhã chuvosa no Rio das Mortes, e ali estava Rosa, com quem o Fraga inclusive já havia se deitado, e ela agora não tinha mais as roupas bonitas nem as joias que ele e outros lhe haviam comprado, e era mulher simples e beata, que varria a igreja e cuidava das coisas do Senhor, e então o Fraga chegou à igreja para se confessar, viu a negra deitada no chão como morta e viu seus olhos se abrirem em seguida. Assustou-se levemente, mas como era homem capitão e valente, ficou ali de pé sem se abalar, e a negra se levantou e começou a lhe narrar o sonho que ele mesmo vinha agora confessar. E ele acreditou, caiu de joelhos, e dizem que até chorou.

Então, depois do açoite no pelourinho, lá estava Rosa na casa de dona Escolástica, quando sonhou com o morro do Fraga, e Deus lhe deu a visão de uma fonte que dali sairia, e a notícia correu, e vieram o Pedro Durão, irmão do Paulo Durão, seu dono, e o próprio capitão Fraga com ela, e ali acharam uma pedra lavrada com uma cruz, e debaixo havia mesmo uma fonte, a fonte de Santana, e o milagre viria dali, seria uma água para curar doenças. Diziam.

    E então foi por aqueles dias de maravilhas acontecendo que o xota-Diabos pediu ao capitão Fraga como esmola um escravo porque precisava descer ao Rio de Janeiro e fazer cumprir a palavra de Deus, e o capitão não podia dispor de meninos pequenos, porque eram mais úteis nas minas, e os outros seus escravos estavam no rancho, e Brás estava ali meio cego, meio surdo, meio imprestável, e não teria tantos dias nas minas mais, então o Fraga o doou em troca de quarenta missas pela sua alma, e assim se fez, e parecia providência de Deus seu ato de caridade, porque o capitão morreu duas semanas depois, de facada, crime cujo culpado ainda não se encontrou. Ele tinha mandado matar um homem já por aquela época, mas então a Rosinha disse que ele não padecia em purgatório nenhum, que ele tinha ido mesmo para o céu. Brás não tinha certeza disso, nem agora no leilão nem naquela época. Lá em 1751, com o capitão Fraga enterrado de fresco, veio Mantiqueira acima e abaixo com o padre e com a negra, e era o único escravo do xota-Diabos, e, depois de muito duvidar, começou, como aquele São Tomé das chagas, a acreditar, só que tocava no dente de Rosa, não nas chagas de Cristo, e várias vezes ao dia. Era o dente dela que o padre Francisco trazia como relíquia pendurado ao pescoço e deixava Brás tocar nele para alcançar bênçãos e crescer na fé.

    Agora, ali, no leilão, longe do dente de sua madre preta, sentiu sua fé se abalar, tremular como uma chama pequena em dia de procissão com chuva fina pelos morros nublados de Vila Rica. Era aquilo grande provação, mas não teria mais o dente, nem o padre, nem a santa, pelo entendimento do que se desenrolava ali. Se havia leilão, o padre seu sinhô não seria libertado. Onde estava a profecia de santa Rosa? Onde estava a regente do Recolhimento, dona Maria Teresa? O frei João Batista do Capo Fiume ele-Brás sabia que havia ido embora como louco para Portugal há tempos. Mas onde estaria o padre Carvalho? O padre Ferreira? Os devotos, o sinhô Pedro Arvelos? Quem viria em socorro dessas aflições agora?

— Vendido para o senhor Joaquim Raposo.

Ele não conseguiu ouvir o valor do seu preço. O barulho das picaretas nas pedras das minas era quase enlouquecedor agora. Pensou se esse novo sinhô que lhe comprara seria mineiro, ou se esse sinhô iria às Gerais enricar. Quem sabe. Ele podia ficar no recôncavo fluminense ou até ali mesmo no Rio de Janeiro. Com alguma sorte, ficaria. Suou muito frio ao pensar no menino das nádegas cortadas, e depois lhe vieram muitos outros meninos pelo pensamento, em movimento espiral e rápido, os meninos lá das épocas de São Paulo onde havia nascido, na senzala, onde sua mãe, também negra de nação courana como a Rosa, tinha lhe trazido ao mundo, e ao seu irmão menor, um bebê que vivia agarrado nos peitos dela, que era clarinho como açúcar queimado no leite. E pensava naqueles meninos com quem ele brincava de correr pelo pasto na sua fazenda materna, e com quem aprendera a espantar as moscas das frutas, os pássaros das plantações, e com quem acabou aprendendo o seu lugar de escravo no mundo ao ver um deles em profundo apuro, amarrado, nu, tomando uma boa sova de chicote que lhe inaugurava as carnes macias, porque deixara os pássaros comerem as goiabas da sinhá. Foi pouco depois daquele evento do menino surrado que sua mãe desapareceu, e ninguém podia lhe dar contas desse sumiço, e um dia a menina que cuidava das crianças menores lhe disse que o filho do sinhô era irmão seu de sangue, e que sua mãe era uma vadia e tinha se deitado com o dono branco. Seu irmão cor de leite doce queimado havia sumido junto com sua mãe, ele nunca mais os veria, e então poucos dias depois disso um tropeiro o levou daquela fazenda com uma leva de outros meninos para as Gerais, e pelo caminho haviam ido, pisando pedras, atravessando rios, passando rente a precipícios, desempacando as mulas dos homens, suportando os abusos dos maiores, levando picada de cobra, matando índios e capturando índias bravas. No sítio do Fraga, cuidou do pasto, dos cavalos, dos bois e da pequena plantação. Viu chegarem mais índias, mais escravos, mais mineiros, virou homem entre as pernas da indiazinha que chorava, e, na semana seguinte, foi levado como um dos bois que ele próprio havia capado na fazenda, sem aviso prévio, e virou outra coisa que não sabia o que era mais. Não poderia mais cobrir fêmea nenhuma, porque não podia nascer escravo alto ali naquelas terras. E essa ferida ele guardou, mas Rosa Egipcíaca, sua mãe, havia tocado seu coração como o apóstolo Filipe e feito dele homem novo e acreditado. Agora esperaria o dilúvio, rezaria por ele. Que chegasse antes que seus olhos vissem aquelas malditas minas novamente, rezou.

O som das picaretas cessou em seus ouvidos.

— Arrematado pelo Joaquim Raposo. O eunuco Brás. Que seja assinada a papelada, porque tenho que prestar contas disso ao padre Bernardo carmelita.

— Obrigado, senhor, já foi tudo aqui assinado. Adeus, vamos, cabra Brás.

— Adeus, Raposo. Boa viagem, e mande minhas lembranças ao senhor Antônio Neves em Vila Rica. Uma família tão distinta. Que Deus o acompanhe, e Maria Santíssima, Mãe da Justiça e de todos nós.

****

Ana Garcês

O sol se punha sobre as montanhas das Gerais quando a menina Ana ouviu o tropel do cavalo do seu pai ao longe e tremeu levemente. Terminou de catar os feijões e limpou as cinzas da mesa de madeira, único móvel decente daquela cozinha cujas pequenas frestas das paredes de pedra começavam a deixar entrar um vento cada vez mais frio naquela época do ano. Entrou no cubículo ao lado, onde estavam os três irmãos. Os dois maiores brigavam, Rafael estava a ponto de quebrar o braço de Gabriel. Miguel, o mais novo, que mal aprendia a dar uns primeiros passos, começou a berrar, e ela se alegrou levemente, porque os gritos dele interromperam a briga dos outros dois arcanjos, porém desanimou ao ver que não conseguiria conter o choro alto de Miguel a tempo. Tentou acalmá-lo como pôde, mas em poucos minutos o pai entrava ali, gritando, furioso pelo seu jantar, como em todas as tardes de sábado, de domingo e dos dias da semana.

Aquela repetição a enojava, e, talvez por causa do toucinho meio passado que comera ao meio-dia, ela sentiu náuseas e pensou que podia vomitar, mas preferiu ir logo para fora do cubículo onde Miguel gritava a fim de acabar logo com aquilo. Quanto antes começasse, antes acabaria. Era uma lógica que há tempos comandava seus movimentos, seus sentidos e seu pensar.

O pai sentava-se à mesa e falava sem parar às paredes meio apodrecidas do casebre, reclamava de qualquer coisa que ela não ouvia e, depois de um tempo, com um murro na mesa em frangalhos, finalmente a despertou de sua opacidade e viu tremerem-lhe os magros ombros, e sorriu. Exigiu seu jantar, que a menina pálida carregou rapidamente em um prato de estanho para a mesa. Ele então agarrou seu braço, puxou sua mão e começou a esmagar seus dedos.

— Quando eu falo, quero que me responda. Não gosto de ser ignorado.

— Sim, senhor, meu pai.

— Onde estão seus irmãos? De quem é esse berreiro? Será que não posso ter paz nessa casa para comer?

— Vou acalmá-los, desculpe-me, senhor.

— Sua imprestável. Incapaz de substituir sua mãe. Quando ela se casou comigo, era mais nova que a senhora.

Ela viu o brilho no olhar dele e tremeu, sabendo o que esperar. O hálito do mineiro Diogo Garcês não deixava dúvidas, estava embriagado novamente.

Ana tentou se soltar da mão dele, mas ele a reteve.

— Senhor, seu jantar vai esfriar.

— Eu sei do meu jantar, cale-se, sua menina insolente. Venha logo aqui, deite-se nessa esteira e sirva seu pai.

Não havia decência nos abusos de Diogo, porque ele nunca tentara sequer esconder aquilo dos pequenos. Ana se deitou, olhou para o lado e rezou para que Miguel ou os outros dois pequenos não aparecessem ali no meio daquela sujeira. E então esperou contando o tempo que o pai terminasse o que faria de qualquer forma com ou sem resistência sua. Era melhor sem os socos e os pontapés, e sempre evitava recebê-los, não sem alguma culpa, e, aos poucos e com os passar dos anos, desde que aquilo começara, ela havia aprendido a controlar sua própria vontade de reagir e o tempo que o inevitável teria que durar. Para a sua vergonha maior, aprendera a sentir algum prazer com aqueles movimentos do pai, e era muito melhor suportar com prazer do que com a dor dos socos e dos pontapés, e Ana sabia que era merecedora do inferno por isso, mas não conseguia sentir dor por tanto tempo.

Sabia que era suja e esperava o purgatório, na melhor das hipóteses, e com muita confissão, reza e missa por sua alma, se houvesse. Infelizmente, não possuía dinheiro para encomendar missas para salvá-la das labaredas, então tentava algumas atividades que lhe eram permitidas, como o jejum e as procissões, e qualquer ato de contrição que prometesse indulgências.

O pai devia ser imune àqueles medos, ou não era temente a Deus, sempre pensava nisso quando estava debaixo dele. Mas havia os dias em que ele tomava nojo dela depois, como nessa tarde.

— Sua vadiazinha ordinária.

— Por favor, não me machuque.

Ele foi misericordioso, deu apenas um murro em sua cabeça, parecia cansado e enojado, então levantou-se e ajustou as calças. Nenhum chute, e Ana se levantou e ajustou as saias. Miguel gritava sem parar, havia gritado antes, durante e depois, machucara a mão pequena numa grade, e talvez por isso Diogo a deixou sair dali rapidamente. Ao vê-la sumir no cubículo, sentou-se, comeu o jantar, botou os pés na mesa e abriu a garrafa de aguardante. Ana voltava com Miguel nos braços bem a tempo de ver que ele começava a beber mais, e sabia que isso não acabaria bem. Mas a vida tem suas surpresas, e Diogo abriu um sorriso largo e a encarou do outro lado da mesa, com olhos quase paternos e bondosos.

— Ana, você é a única filha mulher que eu tenho, portanto, preciso casá-la logo. E acontece que não há mulheres nessas Gerais, e acontece que recebi muitas propostas, e acontece que algumas delas não me interessaram, e acontece que uma delas me interessou, e estou precisando de lascas de ouro para sustentar seus irmãos. Você vai embora, vou comprar uma ama de leite para esses chorões, e com o resto me ajeito.

A moça tentou somente concordar com a cabeça, mas não conseguiu.

— O senhor arrumou noivo para mim?

— Noivo! Tinha graça. Não. Ele não vai querer se casar com mulher desonestada, acontece que ficou sabendo que já a embuchei ano passado. E que perdeu o bebê. E a culpada do mau nome que carrega pela vila é a senhora mesma.

— Sinto muito.

— Sente. Sei. Bom, espero que o homem que vai levá-la seja tão paciente como eu fui até hoje.

Ela engoliu em seco. Sentiu medo, a mão do pai era pesada, mas outras podiam ser até piores. E olhou para o bebê Miguel em seu colo, com sincera pena de deixá-lo.

— Ao menos deixe-me levar os pequenos. Quem vai cuidar deles? Uma escrava que ainda o senhor não tem?

— Isso vou arrumar, e não é da sua conta. A sua mãe me deixou quando esse filhozinho do demo no seu colo nasceu, e se puder nunca ver essa fuça desgraçadinha na minha frente, tanto melhor, portanto, vou resolver com a maior pressa uma pessoa para cuidar dele.

Ela suspirou. Sabia que contra a vontade do pai não podia.

Ninguém podia, ou ninguém queria. Uma vez, há quase dois anos, logo que sua mãe havia morrido, quando aqueles abusos começaram, ela procurou o padre Felipe de Souza.

— Minha filha, está na bíblia a obediência aos pais. Ele é seu pai. Quem obedece nunca erra. Se ele erra, Deus vai julgar os pecados dele. E isso é entre ele e Deus. Mas a senhora não pode se rebelar. Seja obediente, e Deus a recompensará.

Segredos de confissão não podiam ser revelados jamais, mas a história de alguma forma correu a Vila rica, porque, quando ela sentiu náuseas e depois pôs abaixo muito sangue e um amontoado de carne, ainda que o pai dela tenha chamado uma escrava na vila boa com esses procedimentos, que limpou tudo no seu corpo com a maior discrição, a história de alguma forma correu pelos becos, e o padre Felipe veio cobrar contas da morte do anjinho ao mineiro Diogo. Uma semana depois, o pai chegaria furioso em casa, porque o padre Felipe havia lhe dado um sermão, sugerindo que desonestava a própria filha e mais outras coisas, histórias que somente ela poderia ter revelado ao servo de Deus. Diogo negou a história ao padre, disse que a filha o seduzia e enfeitiçava, e que mentia, e depois chegou em casa pedindo contas daquele mexerico à Ana, que acabou confessando que segredara aquilo ao padre antes da missa, porque era pecado, e não queria comungar sua própria condenação. Então, ela passou uma noite difícil de sua vida, mais difícil do que aquela que passara quando sua mãe falecera após amargar meses a fio na cama com uma ferida que só crescia na perna.

Não, não precisava voltar àquela noite das consequências de suas confissões. Talvez tenha sido lá mesmo que aprendera a silenciar para reduzir o tempo que o pai passava montado nela. Mas foi ainda pior ao reencontrar o padre Felipe, que lhe passou um sermão porque ela havia seduzido o próprio pai e o atraído ao abismo do pecado. Ela então disse ao sacerdote que havia mentido, que abuso nenhum tinha nunca acontecido, e que jogara falso testemunho no pai. O padre a encarou com olhos arregalados e passou outro sermão, mais várias orações como contrição, jejuns e admoestações. Mesmo assim, era tarde demais, e, de alguma forma, aquele segredo estava na boca de muita gente do arraial, e Ana ficou com má fama de mulher desonestada.

Dois dias correram rápido daquela tarde, Ana ainda pensava se o pai deixaria que levasse ao menos o Miguel consigo, quando uma carroça estranha parou bem à porta do casebre. Diogo fumava seu cachimbo do lado de fora, levantou-se e saudou o carroceiro. Então ela foi chamada, e já sabia o que tinha que fazer. Depositou na mesa as vagens que estava cortando e pegou a trouxa nas mãos, encaminhou-se para a saída do casebre e para uma despedida sem fortes emoções, tranquila como aquela tarde preguiçosa.

— A bênção, meu pai.
— Deus te abençoe e te guarde, minha filha.

E assim foi-se Ana Garcês subindo na carroça guiada pelo escravo Tião, que a levaria de Vila Rica a marcha lenta até a fazenda Cata Preta, na beira do Inficcionado. Miguel morreria três meses depois, de tifo. Uma tristeza na terra, uma alegria no céu, um anjinho a mais na coroa de Nossa Senhora da Piedade, assim falou o padre Felipe de Souza, as palavras que Ana guardou para sempre no coração. Nossa Senhora, tenha piedade de nós, pecadores.

Paulo Durão era o nome do seu marido, ou do homem com quem vivia amaziada agora. Começaram a falar dela pelo arraial do Inficcionado, e Ana sabia disso, mas não se importava demais com as línguas alheias a essa altura de sua vida. Mas, no dia da festa da Assunção de Nossa Senhora ao Céus, Ana Garcês, tendo ido à missa na Igreja de Nazaré, soube pela conversa das senhoras que o padre Jaime faria uma visita a todas as mulheres amázias, que precisavam se regularizar na Igreja, e tremeu levemente, fingindo ignorar que o assunto lhe fazia referência.

O capelão da Igreja de Nossa Senhora de Nazaré veio então falar com ela dois dias depois, em Cata Preta, e chegou a mencionar, sem bem dizer os motivos, que o vigário lhe faria visita na próxima semana, que ele andava visitando paroquianos, e ela sorriu, disse que estava honrada, que ia lhe preparar um bom almoço, mas depois sentiu o coração bater em ritmo errado no peito ao ver a carroça dele sumir ao longe na estradinha que voltava ao Inficcionado.

Tinha agora casa e fazenda, ao menos de fato, talvez não por direito, porque Paulo Durão não era casado com ela no papel. Mas morava e cuidava da pequena fazenda dele em Cata Preta, na beira do Inficcionado, e era uma dona, ao menos era assim que os setenta e sete escravos do homem com quem vivia amaziada a chamavam, e ela gostava de ter alguma coisa na vida, e aprendia aos poucos a gostar do Paulo, que por bênção divina era bom e não usava de violências com ela. Por força do destino ou por providência, o padre Jaime não a visitou naquela época. Dois anos se passaram, ela embuchou e teve um filho, que Paulo mandou batizar em uma igreja em Vila Rica, com medo de alguma cobrança do padre Jaime por causa de sua situação irregular com sua quase esposa. Acontece que não podia se casar, porque já havia se casado na igreja, em um arraial perto de São Paulo, e abandonara aquela mulher, porque, segundo ele, ela era resmungona, brava, não cumpria as tarefas de esposa e era dada a beber aguardante. Então, de sua parte, a união com dona Ana Garcês, moça meio desonesta, meio pura, na falta de mulheres brancas nas Gerais, fora o melhor que ele poderia querer de um futuro para si. Com orgulho do bebê que nasceu forte, ele o mandou batizar em Vila Rica, como José de Santa Rita Durão, e depois o enviou ao seminário dos padres Jesuítas no Rio de Janeiro, assim que o menino saiu dos cueiros.

 Ana não queria que o seu querido menino fosse embora para tão longa partida, mas não teve palavra nem escolha nessa decisão. Aquela era uma tragédia há muito anunciada, porque Paulo lhe mencionara muitas vezes a vontade de dar ao filho boa educação, e que isso significaria mandar o menino para um seminário, e depois, quem sabe, ao Reino, como aconteceu de fato. Ela o mimou enquanto o teve em seus braços, em meio aos afazeres domésticos, dos quais cuidava com uma escrava índia que morava na fazenda. O resto da escravaria inteira de Durão era feita de homens, e a maioria trabalhava na sua pequena lavoura ou nas suas minas, portanto, Ana e a índia eram as duas únicas mulheres da Cata Preta.

 Lina, a índia, cuidava da cozinha, da casa, da comida, da roupa, ajudada por outros três pretos domésticos, que também tratavam dos animais. E Ana cuidava do menino José, e cuidava de olhar o que Lina estava fazendo. Havia virado dona, e tinha certo orgulho disso, embora pensasse quase sempre nos seus dois irmãos pequenos e se lamentasse intimamente. Uma vez, chegou mesmo a pedir ao quase marido se podiam trazer os meninos, e Paulo foi contra. Não queria voltar a ver o pai dela, que tinha péssima fama em Vila Rica e andava aprontando. E os meninos eram crescidos e resolveriam seus destinos. Ana olhava seu pequeno José crescendo e suspirava, com pena dos irmãos e do falecido anjinho Miguel, e sentia culpa profunda por tê-los deixado para trás.

E então chegou o dia, e o menino José de Santa Rita que mal havia chegado à idade da razão foi arrumado, perfumado, abençoado pela mãe e levado com o pai, em uma caravana de dez tropeiros rumo a São Sebastião do Rio de Janeiro para ser internado no colégio dos Jesuítas. Ana chorou muito, pensou que morreria de saudade. Depois, teve a ideia de andar até Vila Rica e visitar os irmãos sem o consentimento do marido, que ia se demorar pelo menos um mês para voltar. Acabou desistindo da empreitada, porque ouviu histórias de mulheres decapitadas, estupradas e mortas pelas estradas, por índios, negros fugidos e aquilombados ou homens brancos. E por fim se conformou ao vazio de sua existência sem seu menino.

Os dias correram em sua monotonia que torturava, até que, em uma tarde de muito vento e neblina fina, uma caravana lhe trouxe de volta o quase marido, acompanhado com uma negrinha, que havia chegado num carregamento e atravessara a Mantiqueira.

Ana a olhou com desconfiança, mas depois se afeiçoou sinceramente dela. Lina era de difícil trato, e muito mais velha que ela, mas a negrinha recém-chegada era pouco mais que uma criança assustada, e a obedecia em todas as coisas. Era uma negrinha courana alta e esguia, com a pele bonita e um sorriso carismático, esperta para aprender todas as coisas, e em pouco tempo aprendeu o trabalho inteiro da cozinha e da casa. Ana não quis a princípio colocá-la na senzala para dormir no meio dos setenta e sete escravos machos que havia ali, e quis preservá-la, deixando-a dormir na cozinha da casa, até porque precisava dela para trabalhos domésticos tardios.

Porém, a verdade é que deixá-la dormir na casa com Lina não impedia que os escravos bulissem com ela o dia inteiro, especialmente quando a índia não estava por perto. Em pouco tempo, ela havia se deitado com metade deles, e, logo mais tarde, com todos, sem uma única exceção. Ana ficou a princípio escandalizada com o fato, mas Lina lhe disse que não interferisse, que a negrinha era esperta como o diabo e que começara a fazer pequena fortuna mesmo com a escravaria, cobrando pelos serviços. Ela então achou que era conveniente falar com o quase marido sobre o assunto, e tratou de abordá-lo em uma noite calma e sossegada, depois do jantar.

O arraial do Inficcionado só crescia com a notícia do ouro na rocha de baixo, e Paulo Durão andava chegando tarde em casa, passando a maior parte dos seus dias nas duas minas que adquirira, que depois acabariam em nada. Naquela noite, terminou de engolir o ensopado de galinha que Lina havia preparado com a ajuda da negrinha. Ana as mandou para a cozinha e segredou em voz baixa:

— Preciso falar com o senhor, estou com um pensamento.

— Pode falar. Espero que não seja sobre o menino José novamente. Ele vai bem no colégio dos Jesuítas, e este ano termina os estudos e vai para o Reino, para Coimbra.

— Oh, este ano? Mas...tão novo, senhor. Fez dez anos...

— Está na hora de enviá-lo ou não vira doutor, e quero que meu filho tenha oportunidade.

— Tenho medo de não cuidarem bem dele.

— Ele está cuidado. Li para a senhora cada carta que nos enviaram do Colégio no Rio de Janeiro. Vai ser padre, vai ser doutor, o que mais a senhora quer? É sobre ele o assunto?

— Não... — Ela coçou as costas da mão direita, pensativa. — Não era sobre ele o assunto.

— Bom, então, qual era o pensamento?

— É sobre a negrinha.

— A Rosa.

— Ela. Lina me disse que anda se deitando com a escravaria nossa a troco de moedas.

Ele soltou grande risada, que Ana a princípio não entendeu, porque não conseguia achar graça na notícia.

— Se ela faz isso, a senhora deveria cobrar uma parcela das moedas. É nossa escrava. Aliás, aqui entre a escravaria ela não vai fazer muita fortuna. Mas em Vila Rica e no Inficcionado, ela pode render mais. E a senhora trate de cobrar uma parte da pequena fortuna que ela fizer. Peça a Lina para preparar uns quitutes e mande-a vender pelas minas, veja como se sai. Ela vai vender os quitutes e algo mais.

— Eu preciso dela na casa, para me ajudar...

— Não precisa dela todo dia. Mande de vez em quando. Vai ajudar nas despesas da casa.

— Meu senhor...eu fico sem saber... — Ela titubeou, mas continuou, resoluta. — Se não atrai condenação para a nossa alma usar esse dinheiro de luxúria...

Paulo suspirou, pousou a taça de estanho na mesa e a encarou.

— Há coisas piores, e nosso filho será padre e rezará missas por nossas almas. Portanto, não se preocupe com o fogo do purgatório nem do inferno, que há de pegar esse infeliz do padre Jaime antes de nós.

Ela olhou para baixo, com medo daquela blasfêmia, mas assentiu com a cabeça. A conversa estava encerrada, e, na semana seguinte e a partir dela e em todas os outras, Rosa era mandada de Cata Preta duas ou três vezes ao menos ao arraial do Inficcionado, às minas, e, quando havia oportunidade, ia de carroça até Vila Rica, até Mariana, e em breve fez nome nas Gerais, e não havia mineiro que não a conhecesse por aqueles morros infelizes. Ana não a mandava com ordens de se deitar, mandava a negrinha com os quitutes de Lina, e depois mandava buscá-la: dois ou três dias depois se fosse a Vila Rica, onde ficava abrigada à noite no curral da casa do compadre Domingos, dois ou três dias depois quando ia até Mariana, e ficava na senzala da dona Escolástica, conhecida da família Durão, um dia depois quando ia ao arraial do padre Faria, quando ficava alojada à noite na casa do beato Antônio, amigo de Paulo de longa data. E assim aquela negrinha de olhar esperto e fala desenrolada, naquele meio onde quase não havia mulheres escravas, onde mesmo as senhoras honestas e brancas eram raras, onde as índias cativas amansadas já todas tinham dono, onde chegavam mais e mais homens a cada semana, em caravanas desde São Paulo, desde o Rio de Janeiro e desde o norte, fez nome e pequena fortuna, que empreendeu em joias, roupas bonitas, lenços coloridos e moedas extras para sua senhora e dona.

    Os anos correram, Ana se acostumou à renda a mais que a negra courana trazia para casa, e sua consciência parou de perturbá-la com o medo do purgatório. Lina dava conta de muito serviço e desenvolvera certa antipatia a Rosa, porque ela tinha os privilégios de andar solta pelas minas e porque era suja de cheiro de homem, segundo a índia, e aquilo ainda ia voltar contra seu corpo. Ana tentava se interpor quando a situação esquentava um pouco mais, com Rosinha respondendo palavras de baixo calão à índia velha, e depois ameaçava castigar as duas se não parassem com aquilo, mas a verdade que ambas as escravas sabiam era que dona Ana Garcês não era dada a aplicar castigos físicos em seus escravos, nem mesmo nos que mereciam, o que, segundo Lina, era um grave defeito de caráter. A providência de Deus havia tirado dali o menino José de Santa Rita, que teria boa educação e correção no seminário com os padres, porque aquela senhora, se não corrigia escravaria, filho também não saberia corrigir, e o menino quando fora-se embora para o Rio de Janeiro já estava cheio de pirraças.

Ana sabia que era esse o pensamento de Lina, e ouvira as críticas muitas vezes sem se alterar, a não ser levemente, quando Paulo parecia concordar muito mais com a escrava índia do que com ela, e confiar mais nos serviços de Lina na lida e organização da casa do que nela. Depois, ao se deitar com ele na única cama decente da casa, pensava na índia dormindo na esteira pobre na cozinha e se confortava, porque ela era a senhora da casa, só ela se deitava ali e era a mulher, amázia ou não, do capitão Paulo Durão, e nada mudaria isso, nem mesmo a arrogância daquela índia que havia cuidado do senhor quando criança e achava que sabia de tudo.

Mas o fato é que, por sabedoria de Lina ou por praga rogada, Rosinha De fato, um dia caiu doente. Um caroço lhe crescia no ventre, e uma sonolência a invadia repentinamente e várias vezes ao dia, e Ana chegou a pensar que aquilo era criança que vinha e alegrou-se intimamente com a expectativa de mais um escravo e, quem sabe, uma menina escrava. Mas os meses se passaram, Lina a examinou e disse que aquilo era doença passada por homem. Rosinha começou a ter febre, e a cabeça doía a ponto de quase desmaiar, e o rosto ficava inchado. Então, com o ventre também inchado, sem poder mais fazer ganho nenhum nas minas, a escrava ficou encostada por uns dias, Ana e Lina revezando-se em levar-lhe chás que a índia preparava, mas não havia melhora nenhuma. Lina chegou a apanhar uma mistura de ervas diferentes, que socou e separou para a enferma, e dava a ela durante muitos dias, e dizia que curaria a doença de homem que a negra courana havia contraído. Ana duvidou daquilo internamente, porque o mal de Rosinha parecia ser espiritual.

Sem conseguir mais conter seu próprio receio de perder a escrava, Ana comentou o assunto com Paulo Durão, que suspirou e disse que não poderia pagar médico, que não havia ninguém conhecido por perto, e que seria muito ruim perder a Rosa, mas que o padre Antônio Lopes, amigo da família, poderia visitar e quem sabe dar uma bênção.

Passaram-se alguns dias, e chegou ali padre Antônio para comer galinha assada, espigas de milho, feijão, e rezar pela escrava que parecia mesmo nas últimas semanas de vida. Ao vê-la, deitou as mãos sobre sua testa, pedindo a cura de Deus, as bênçãos dos santos e a intercessão dos anjos. Disse então que ela tinha vida errada, e que a doença do corpo também era sinal de doença da alma. Naquela noite, quando o sol se pôs atrás da serra do Espinhaço, e o vento entrou pelas paredes de pedra da casa grande de Cata Preta, Ana Garcês ouviu a escrava gemendo, levantou-se, pensou que o sofrimento teria fim pela manhã, com um enterro simples, acendeu uma vela e foi até a cozinha. A escrava tinha os olhos abertos, estava corada e disse à dona que havia sido visitada por um moço muito bonito, com cabelos e olhos claros, que lhe ordenou que desse aos pobres todas as roupas e enfeites que havia conseguido com o dinheiro do pecado, e que o seguisse nua. E que havia tido pequena melhora. E que não mais venderia seu corpo, e que queria se confessar com o padre no dia seguinte.

Dona Ana voltou para a cama, pediu ao marido que chamasse o padre no dia seguinte, que riu de início, depois se calou e prometeu fazer o que a mulher lhe pedia, porque era temente a Deus, e aquele mal da escrava parecia mesmo algo espiritual. O padre voltou ali alguns dias depois, escutou a negra courana em confissão, e daí a mais dois dias, Rosa se levantou, conseguindo andar e trabalhar.

Ana Garcês estava feliz com a melhora de sua escrava, que poderia ajudá-la nos afazeres de casa agora, e que se vestia como Lina, de forma simples e modesta, porque havia de fato dado aos pobres tudo o que adquirira com sua sensualidade e seus pecados. Passaram-se poucas semanas, e houve festa na capela da fazenda de Bento Rodrigues, com a visita de um padre exorcista conhecido na região, e a família de Paulo, mais Lina e Rosa, Tomás e Tião, dois escravos de dentro, foram ao evento onde vários amigos do capitão estariam.

E ali, na pequena capela apinhada, o padre Francisco pregava um sermão, quando Rosinha se pôs a gritar com voz cavernosa, horrenda, que arrepiou até o último fio de cabelo de sua senhora. A negra caiu então como morta no chão, o padre Francisco foi até ela, pôs a mão em sua testa e disse que era Lúcifer que se manifestava ali, mandando-o para fora daquele corpo. A comoção foi geral na pequena capela, porque todos conheciam a escrava de Paulo Durão, e depois saíram com medo daquela celebração e pensavam em seus próprios pecados. Dona Ana passou a se preocupar mais com sua situação de amázia, e fez jejum de pão e água por uma semana depois desse episódio, na tentativa de que Deus falasse ao quase marido que regularizasse a situação deles. Lina, batizada e frequente nas missas junto com seus senhores, ficou entretanto incrédula nesta e em todas as outras vezes em que o demônio se manifestou em Rosa.

Segundo aquela índia prepotente, suas ervas haviam curado a doença de homem de Rosa, nada mais. Ana ignorou sua petulância e sua incredulidade e levou Rosinha à Igreja de Nazaré, no Inficcionado, quando soube que o mesmo padre Francisco estava ali de visita, para curar um energúmeno das redondezas. Antônio Tavares era o senhor que padecia das incursões de Lúcifer, e estava ajoelhado no altar ao lado do padre xota-Diabos, que repetia muitas palavras em latim ao lado dele, segurando a estola na testa do homem. Ele estribuchou uma, duas vezes, e a igreja de Nazaré, apinhada de fiéis tementes a Deus, tremeu. E dona Ana sentiu o coração tremular, com medo do poder da criatura que tomara o corpo do Antonio, português pobre que morava nas redondezas do Inficcionado. O padre repetia orações que ela não entendia, mas as palavras cavernosas que saíam da boca daquele infeliz eram horríveis, escuras, cheias de escárnio, e alguns já saíam da igreja, com medo daquilo que se passava. Ela fechou os olhos, sem conseguir assistir mais, e então tremeu novamente, porque Rosinha caía no chão ao seu lado, revirando os olhos de forma louca, assustadora, redobrando o corpo de forma que nenhum humano poderia, contorcendo-se, até por fim se levantar e dizer com uma voz que não era a dela: "Sou Lúcifer, sou eu que possuo este corpo, sou eu que incho esse ventre, sou eu que incho essa cara." Padre Francisco largou o Antônio recém exorcizado lá na frente e veio até a escrava de Ana em passo firme e com a cruz erguida na mão direita. Ana começou a chorar, com medo do espetáculo e da condenação eterna. O padre então começou mesmo a berrar, com água benta em uma das mãos, recitando o *Ritus exorcizandi obsessos a daemonio*, que ela, Ana, já havia escutado uma ou duas vezes em sua infância, há muitos anos, e depois não mais, mas agora o diabo andava entrando em mais corpos, dominando as vontades e incorporando muitos naquelas Gerais perdidas e condenadas.

— Exorcizo-te, imundo espírito. Abjuro-te de todos os adversários fantasmas e legiões em nome do Nosso Senhor Jesus Cristo. Ouve e treme de pavor, Satã, inimigo da fé, inimigo do gênero humano, mensageiro da morte, raiz de todos os males, ladrão da vida, opressor da justiça, sedutor dos homens, traidor de todas as nações, origem da avareza, inventor da inveja, causa das discórdias e dores!

A negra pulou, requebrou, gritou, e afinal caiu no chão como morta, com tanta violência, que rachou a cabeça nos pés da imagem de São Benedito.

O padre Francisco suspirou, secou o suor da testa e encarou a dona Ana à sua frente. A igreja de Nazaré havia ficado silenciosa. Padre Jaime chegou perto, pondo-se ao lado da escrava do capitão Durão, e a olhou com desprezo, assim como à dona dela, uma amázia de vida errada. O diabo sabia onde pousar.

— Essa escrava é sua?

— Sim, senhor padre Francisco.

— Qual o nome dela?

— Rosa.

O sacerdote silenciou por alguns instantes. Voltou a encarar a senhora assustada à sua frente.

— E a senhora, quem é?

— Ana...Garcês, senhor.

— Diga ao senhor seu marido que vou visitá-los em sua casa. Essa criatura precisa de muita libertação, e tem os sete demônios que tinha Maria Magdalena. Agora deve levá-la para casa.

Ana engoliu em seco, porque havia se aproveitado do fruto

do trabalho daquela Magdalena. Assentiu com a cabeça e chamou Tomás e Tião, os dois escravos domésticos que haviam ido ao exorcismo com a dona Ana. Eles pegaram a mulher desacordada, cuja cabeça estava mergulhada em uma poça de sangue, e a carregaram para fora, até a carroça, onde a puseram. Dona Ana mal podia se equilibrar nos degraus que iam da igreja de Nazaré à rua principal do Inficcionado. As pernas tremiam, sua boca estava seca, e, somente quando sentou na carroça e sentiu que Tomás conduzia de volta para Cata Preta, pôde soltar o ar preso em seu peito. Ao seu lado ia Rosinha, desacordada. Toda a gente da região havia presenciado aquilo, muitos haviam tocado em Rosa, e alguns a olharam entre apavorados, curiosos ou juízes, e ela se afundou ao lado da escrava na carroça assim que a primeira curva fez sumir aquela gente ao longe. Agora não teria mais sossego. Agora podia morrer, mas falaria ao Paulo, precisavam se casar, na igreja e de fato. E Rosinha, que depois seria a maior beata das Gerais, havia de ser a medianeira dessa graça na sua vida.

  Paulo Durão, dois anos após o acontecido, ainda se lembrava do dia em que a mulher lhe pedira aquele casamento de joelhos, com o rosário entre os dedos brancos e trêmulos, e não sabe por qual intervenção divina concordou em se casar logo, arriscando-se a um processo de bigamia, mas quem sabia daquele segredo antigo esquecido em São Paulo há tantos anos, quem sabe já morto e enterrado? E foi por conseguir arrumar sua vida que, depois de dois anos, Ana Durão consentiu em vender Rosinha ao padre, trocando-a por um simples moleque, que o sacerdote, ela e outros energúmenos do padre haviam comprado no Rio das Mortes com esmolas. O moleque foi direto para as minas, e o fato é que não viveu muitos anos, então, aquela troca materialmente foi grande estupidez da parte de Ana Durão e maior estupidez ainda da parte do marido, do capitão que consentiu em tal barganha. Mas Deus é o senhor de todos os mistérios, e nos ensina a misericórdia e a caridade em todos os dias.

****

Frei João Batista

Misus est
Tristis est anima mea

O frei João Batista cumprimentou sua santinha já à beira da concretização da profecia do dilúvio, pelos idos de 1759, e depois beijou seus pés negros. A profecia da santa anunciava o dilúvio para o 25 de março do mesmo ano, festa da Encarnação do Nosso Senhor Jesus no seio de sua Mãe Santíssima Virgem Maria. Mas naquela data não houve águas descendo do firmamento. Pelo meio dia, um aglomerado de nuvens fechou o céu do Rio de Janeiro sobre o morro do Castelo e depois sobre o morro de São Bento, e os fiéis aglomerados no Recolhimento do Parto olharam aquilo e fecharam os olhos, esperando as águas e o fim do mundo.

Muita gente havia ido para a arca. Famílias inteiras, como a do Joaquim Pedroso, do Senhor Domingos e do José Álvares, esses dois que haviam descido a Mantiqueira desde o Rio das Mortes para escapar da inundação do mundo. E suas esposas, e seus filhos, e muita criação que levavam, que o novo mundo precisaria de provimentos. Galinhas, porcos e até algumas vacas disputavam espaço com os fiéis, e Brás organizava os animais no pátio interno do Recolhimento, coordenando o trabalho dos outros escravos recém-chegados com seus donos. Haveria ali umas setenta almas, chegou a contar o frei João Batista. E seriam poupadas, pela graça divina, porque o mundo que estivesse fora do Recolhimento afundaria em água.

     E não caiu uma gota do céu. Depois de muita oração, cântico, ladainha e episódios de possessão ocorridos em algumas recolhidas, Lucas Pereira, um devoto que havia vindo de sua fazenda de farinha no Recôncavo da Baía de Guanabara, olhou pela janela da capela e se atreveu a sair para o pátio de fora ao fim daquela tarde. Foi ele quem viu primeiro a madre Rosa, que previra toda aquela desgraça, em uma janela do convento dos franciscanos, em profunda oração, com as mãos abertas elevadas ao céu. Ela estava parando a chuva, e todos os fiéis do Recolhimento tinham muito bem ouvido o estrondo de trovão no início do dia, que não havia dado em gota nenhuma. Porque Santa Rosa segurava tudo ali, com sua intimidade com o menino Jesus. E depois que caiu a noite ela simplesmente desceu o morro dos franciscanos em direção à casa de dona Tecla, as duas lado a lado, de braços dados e corações unidos. O dilúvio havia sido adiado pela intercessão da santa, que estava morando na casa da dona Tecla na época, expulsa do Recolhimento, assim como ele, frei João Batista, seria expulso das terras do Brasil em um navio, amarrado e com mordaça feito louco declarado, apenas um ano depois desse episódio, mas por misericórdia e providência divina, como depois foi compreender.

     O frade capuchinho olhou para o céu daquela tarde na Beira, limpa e sem nuvens, e apertou os lábios ressecados pela dureza da viagem da Itália a Portugal, que durara tantos dias. Estava velho para essas aventuras. Mas não poderia deixar morrer o padre Francisco Gonçalves sem antes ter com ele, e sem antes perguntar o que havia sido feito de sua santa Rosa, a Flor do Rio de Janeiro, nome que ele e o padre Agostinho lhe haviam dado, e que ficara conhecido de toda a gente naquela parte da América Portuguesa.

Corria o ano do Senhor de 1771, e as provações que os servos de Deus enfrentavam pareciam apenas aumentar, apesar de tanta reza e de tanta vela. Agora, cada vez mais apareciam os que questionavam os poderes constituídos por Deus na Terra. A seita protestante crescia como erva daninha no Novo Mundo assim como no Velho, e a gnose e as blasfêmias, frutos do demônio e dos anjos inimigos dos santos de Deus, haviam esparramado seu tronco, galhos e ramos longe demais para que a madre Igreja pudesse combater, e até no seio dela mesmo. E a Igreja perseguia seus santos, ao invés de exaltá-los, mas isso também era obra do inimigo de Deus.

Frei João Batista tirou da cabeça cansada o chapéu de palha e bateu no ferrolho da porta daquela casa simples. Abriu-lhe uma mulher gorda com mãos avermelhadas e grossas, de meia idade e expressão assustada.

— O senhor quem é?

— Sou um frade barbadinho, minha filha. João Batista. Por favor, vim visitar meu confrade padre Francisco. Soube que está acamado.

— Ele...não sei se pode falar. Esteve dormindo desde a manhã. Quase não abre os olhos mais.

— Minha filha, eu vim de longe, de Capo Fiume, pequeno vilarejo no bispado de Bolonha. Já ouviu falar?

— Não, senhor.

O frade coçou a cabeça, desgrudando alguns poucos fios de cabelos ensopados de suor do próprio couro cabeludo.

— Minha filha, se é temente a Deus, escute-me. Soube que

o padre Francisco estava doente. Preciso vê-lo e dar-lhe a extrema-unção.

A mulher hesitou ainda um pouco mais. Finalmente, abriu a porta, deixando o capuchinho entrar.

Frei João entrou e parou atrás da mulher na sala. Olhou em volta a pobreza daquela casa e daquela mobília e sentou-se sem ser convidado no primeiro banco que avistou. Estava cansado da caminhada até aquela aldeia de fim de mundo onde fora se aposentar seu confrade, e não tinha mais idade para viagens como aquela. Abanou-se com um leque, porque o verão de Portugal era úmido, enjoativo, insuportável. A mulher sumiu dentro do corredor escuro, e um grande silêncio se fez por ali. O frade ouviu sussurros muito baixos, depois novo momento de silêncio tão longo e estático que parecia que o mundo havia se acabado. E então ouviu de dentro de um dos poucos cômodos da casa anexos a esse corredor sombreado finalmente a voz do xota-Diabos.

— Mande entrar logo o frade. Poderá me dar quem sabe mesmo a extrema unção.

João Batista se levantou, sem esperar a volta da mulher, encontrando-a já na entrada da alcova onde estava o padre xota-Diabos. Pisando levemente, encarou a mulher, que apenas o olhou de volta e saiu dali, e sumiu como se nunca tivesse existido. O frade respirou o ar pesado do quarto, caminhou poucos passos e sentou-se em uma banqueta em frente à cama do idoso, que parecia ter sido colocada ali para ele. O quarto era pobre, e as paredes nobres porém enegrecidas pelo tempo e pela falta de cuidado falavam de uma época distante de conforto engolida pela ruína e pela decadência. O quarto todo cheirava a mofo, e a imagem pálida do português ancião deitado sob um lençol fino naquele dia úmido e quente arrancou um suspiro involuntário do frade de Capo Fiume.

— Como vai, meu querido amigo?

O padre sorriu de olhos fechados, e demorou algum tempo ainda com aquele sorriso pairado nos lábios antes de abrir os olhos.

— Vou bem, frei João Batista. Mas sua visita me inquieta o coração.

— Não quero inquietá-lo, meu bom irmão. Vim porque chegou em Bolonha a notícia toda, da situação inteira, e fiquei sabendo que havia conseguido se transferir para a Beira.

Padre Francisco riu-se de novo. Com certa dificuldade, sentou-se na cama. Tossiu algumas vezes, cansado do esforço que fizera, e o frade fez uma careta involuntária. Depois, fez menção de se levantar e ir pedir água à mulher que lhe abrira a porta, mas o padre o interrompeu, erguendo a mão.

— Acalme-se, estou bem. Como pode ver, ouviu a verdade. E o que mais ouviu? Foi levado preso também?

— Meu amigo... — O frade engoliu em seco. — Nunca fui preso nesse processo. Mas eu não deveria ter vindo a Portugal. É sempre um risco, então esta minha viagem é um segredo. E amanhã retorno à minha terra. Por aqui sinto medo sempre de ser alcançado. E, para o Brasil, nunca mais poderei voltar.

— Talvez não tenham mais interesse no caso, mas isso é apenas uma suposição. Já se passou algum tempo. Que ano é este?

— 1771.

— Nove anos. É tempo bastante.

— O senhor... ficou todo o tempo preso? Chegou a receber tortura?

Padre Francisco riu mais agora, sacudindo a cabeça.

— Os cárceres do Rocio. São eles uma tortura em si mesmo, não precisa de mais nada para quebrar o espírito de um pecador verdadeiramente arrependido.

— E o senhor se arrependeu verdadeiramente de ter dirigido nossa Flor Rosa e de ter pregado as profecias?

O padre Francisco o encarou, mas não disse nada. Pegou o rapé depositado no criado ao lado e aspirou. Depois disse, como se falasse consigo mesmo.

— Rosa foi meu pecado, mas não sei se pequei, porque fui arrastado pela minha fé. Por ela eu deixei as Minas e fui ao Rio de Janeiro, por ela ajudei a construir aquele Recolhimento, completando com todas as esmolas que tinha os 4 mil réis que o padre Carvalho mandou do Rio das Mortes...que Deus o tenha... por ela eu mandei embalsamar o Senhor Morto da capela, com dinheiro do meu compadre Pedro Arvelos, porque Rosa dizia que o Senhor Morto estava vivo, e por ela mandei o restante das minhas esmolas para fazer o báculo de prata que Rosa me pediu. Mas tudo isso foi pela minha fé no que ela dizia, e depois fiquei um ano preso no Rio e Janeiro, como o senhor sabe, e depois outros três anos na prisão na Casa do Rocio, junto ao Tribunal da Santa Inquisição.

— O senhor falou com ela na prisão?

— Não. Nem nos cárceres de custódia quando chegamos, nem nos cárceres secretos. São todos incomunicáveis. Não via ninguém. Somente as paredes da minha cela e o alcaide. Sabe que é absolutamente confidencial tudo o que se passa lá, e que dei minha palavra não contar a ninguém nada do que houve.

— Mas vou-lhe dar a extrema unção. Isso é uma confissão, é um segredo.

O padre xota-Diabos meditou, depois sorriu.

— Estou muito perto da morte. Mas de fato nunca a vi nem dela ouvi desde que desembarcamos em Lisboa.

— E o que terá sido de Rosinha? Nossa pomba Rosa?

— Rosinha.

— Ela ...foi condenada? O senhor recebeu condenação, e sei que foi lida por inteiro sua sentença na missa das rosas na Igreja do Rosário pelo padre Antônio José, lá no distante Rio de Janeiro. Mas ela. Nunca mais ninguém ouviu falar dela. Nunca teve notícias?

— Nunca mais tive notícias de Rosa. Não ouvi mais falar. É estranho. É como se não tivesse existido. Até hoje nunca ouvi mais desse processo. Na Casa do Rocio vivi em total isolamento, como lhe disse. E o medo é um guarda eficiente. Nunca perguntei enquanto estive preso. Não tive coragem. O padre Malagrida havia sido queimado no Auto de Fé anterior ao meu. Pensei várias vezes que seria queimado, sonhava com as chamas e acordava com o cheiro da fumaça nas minhas narinas.

O frade calou-se por alguns instantes, pensando no confrade Malagrida.

Grande padre, jesuíta, piedoso. Mas agora os jesuítas estavam todos correndo de Portugal, onde mandava a besta-fera pombalina. O padre havia espalhado bênçãos no nordeste do Brasil, havia se sacrificado e dado sua vida pelo evangelho de Cristo, pregado a boa nova aos gentios, e quase virara jantar de algumas tribos várias vezes, que o frei João Batista tinha notícias. Sabido nas teologias, o querido Malagrida foi cair nas graças da rainha viúva Dona Mariana, e isso foi sua ruína, porque o Marquês de Pombal não gostou de sua influência e menos ainda da brochura que o padre Gabriel Malagrida escreveu depois sobre o terremoto terrível de Lisboa, sugerindo que aquilo era castigo divino pela má condução de uma nação, e pelos vícios de um país inteiro. Nem Dom José I gostou daquilo, e em pouco tempo o santo estava degredado. Obviamente aquele terremoto era um castigo. Mas como o ímpio admite seu pecado?

Passado o degredo, o padre Malagrida voltou a Lisboa. Ninguém sabia bem como ele voltara. Mas voltou, e então foi acusado do atentado à vida do rei. E era inocente daquele crime, mas foi preso. E na prisão os anjos o visitavam, e ele falava com eles, e até os guardas se convertiam com suas palavras, e foram os principais incentivadores para que ele registrasse aquelas histórias todas. E arrumaram-lhe papel, e arrumaram-lhe tinta. Ele tinha 72 anos então e escreveu as revelações que andava tendo naquele cárcere, um livro "O Anti-Cristo" e um segundo livro intitulado "A Vida Heróica e Maravilhosa da Gloriosa Santa Ana, mãe da Virgem Maria". Foi denunciado pelo marquês à Igreja e acusado de heresia, e seu julgamento foi tão injusto, mas a Igreja não erra, e um dia ainda o papa há de declará-lo santo. Aquele caso era um aviso claro do fim dos tempos. Assim como o de Rosa.

— O padre Malagrida ainda há de ser perdoado pela Igreja oficialmente, meu caro Francisco.

Mas o padre não lhe respondeu e agora tinha os olhos fechados, em profunda meditação, e por algum tempo João Batista achou mesmo que estivesse dormindo. Decidiu não acordá-lo e pensou mais um pouco naquele infeliz episódio do padre Malagrida e dos jesuítas todos sendo expulsos do Brasil por causa da vontade terrena e da carne. E foi na mesma época em que ele próprio fora amarrado — novamente — e preso, desta vez em um navio, e despachado para Bolonha. 1759, novembro. De fato o fim do mundo estava próximo, Rosa previra o fim definitivo de tudo para

1762. E ele com a alma inquieta, com o sangue revirando seus sentidos naquele compartimento apertado do navio, de que se lembrava muito pouco agora. Louco declarado, fora forçado em um navio, porque precisaria ser tratado fora dos trópicos e em sua terra. Sim, os trópicos eram capazes de enlouquecer, e aquela era a sua terceira queda na loucura em terras tropicais. Congo. São Paulo. Rio de Janeiro. E a Igreja matando os santos que Deus enviava como seus últimos mensageiros. Ai do infiel, o tempo do Senhor está próximo.

— Eu a acusei de embusteira, frade.

Frei João Batista arqueou as sobrancelhas brancas, procurando de onde vinha a voz contrita, e o padre já estava se derramando em lágrimas. Francisco engasgou-se mais umas duas vezes nos próprios soluços antes de prosseguir.

— O senhor não sabe o que é estar no cárcere do Rocio. Isolado. Somente você, um balde para suas necessidades, uma cama em sua cela. Não sabe quanta água terá, quanta comida terá. Quando o alcaide virá lhe buscar para que seja ouvido. E quando finalmente é ouvido, não sabe do que está sendo acusado, não sabe o que vão fazer, e sai da sala deles sem entender se respondeu bem, se respondeu mal, e quando vão lhe chamar novamente. Então é trancado de novo na sua cela úmida cheia de bichos por mais dias e noites, e são tantos dias e tantas noites, que você não conta mais. E, um dia, sai sua sentença, você é convidado a marchar. Em procissão, seguindo o estandarte de São Pedro mártir e os domínicos. Ao lado dos familiares, que vão como guardas prontos para esbofetear aqueles penitentes que tentarem escapar. Como algum de nós pensaria em escapar é uma pergunta que me fiz a cada dia também depois desse Auto da Fé. Cada um desses seres condenados levamos uma corda ao pescoço, tocha nas mãos, e vestimos uma túnica horrenda, sendo que os que seriam queimados andaram com a estampa de pessoas padecendo nas labaredas do inferno. Um familiar levava um baú ao meu lado, com os ossos de vários que haviam morrido no cárcere, aqueles cuja vontade não resistiu à provação da solidão e da incerteza dos dias, tortura dos que padecem e vivem de qualquer espera. E, depois, para cada canto que você olha, vê frades, padres, beatas e gente simples do povo. Então fecha os olhos, abaixa sua cabeça e vai no meio da procissão da vergonha, anda amarrado, e depois assiste ao ritual que dura dias. Você é colocado no cercado dos penitenciados como gado com outros malfeitores e zombeteiros da santa doutrina, idólatras, bígamos, blasfemos, judeus, sodomitas, e contei no meu dia quarenta homens e oito mulheres. Mas você está sozinho diante de Deus, embora tenha tanta gente ali, e ainda o Conselho geral da Igreja, a nobreza e a plebe. Houve uma missa. E leram-se as sentenças. E assinamos o termo de Segredo. Sua sentença e a de outros malfeitores é sua vergonha. *Padre Francisco Gonçalves Lopes, 75 anos, condenado por acreditar e espalhar os fingimentos de virtude de certa pessoa sua dirigida. Suspenso para sempre de confessar, exorcizar, e degredado por cinco anos para Castro Mearim.* O povo lhe atira frutas podres. E no fim você toma conhecimento de quanto custou seu processo. O meu custou 2.575 réis, que foi retirado dos únicos 6.000 que eu tinha e que trouxera de uma vida de esmolas no ultramar. Então você recebe a bênção do perdão e o degredo. Fui para Castro Mearim, aquele extremo do Algarve, onde a umidade daquela terra quase me matou. E então e depois de dois anos, recebi o perdão da Igreja e a permissão de terminar meus dias aqui na Beira, nesta propriedade dos meus pais falecidos, porque não tenho mais recursos nem esmolas, nem para onde ir. Para o Brasil não posso voltar, nem para qualquer lugar do ultramar. E Rosa. Penso nela todos os dias. Era santa? Então por que aconteceu isso, se era santa? Ela nos enganou? Como? Os sinais eram muitos, e o senhor viu vários deles. Por quê? Mas e o dilúvio que nunca houve? Eram então heresias as visões e profecias? Eu apenas segui orientação dos que sabiam mais que eu. Padre Agostinho viu nela uma santa e a quis como orientanda espiritual, e sei que queria ser para ela o jesuíta Claude de la Colombière que Santa Margarida de Alacoque teve. A vidente do Coração de Jesus. Então Rosa também não era vidente do Sagrado Coração e não tinha tantas outras visões? Eu acreditei sinceramente que o Recolhimento seria lugar de peregrinação maior que Roma e Jerusalém. Era o que dizíamos na época. E havia tantos sinais. O senhor viu. Então como podia ser tudo isso mentira? Embuste?

— Eu vi os sinais, e mesmo o dilúvio segurado por ela foi um sinal. Eu estava no Recolhimento com o senhor naquele dia, se bem se recorda. E também pensei que ela seria santa maior que santa Margarida.

— Eu me recordo. E olhamos da janela, e Rosa ali na varanda no morro dos franciscanos, e soubemos que ela saía porque Deus poupara o mundo. Mas depois disseram que era tudo embuste. E eu mesmo...ai de mim! Eu mesmo disse que era embusteira. Disse isso tudo aos padres e bispos que me interrogaram. Que havia sido enganado. Mas, frade. Do que lhe digo agora, preste atenção: não sei de nada. E tenho medo.

— Do que tem medo, padre?

— Tenho medo do purgatório. Ou, pior: de padecer mesmo no inferno por ter renegado e acusado tão grande santa de Deus.

Ambos se calaram. O calor da tarde trouxe certa náusea ao

frade, que estava para pedir um copo de água ao padre, mas não queria dar trabalho, e a mulher afinal se fora, e não havia sinal dela. Limpou um filete de suor da testa e falou, com voz sumida.

— Estavam atrás de mim, pelo que ouvi, também no Brasil.

— Claro que estavam. O senhor mandara em carta ao Recolhimento a notícia de que fizera impressões de panfletos com devoções de Rosa, algo sobre ela e ainda a oração do rosário de Santana, que ela criou. Essa carta chegou nas mãos do comissário Pereira de Castro lá no Rio de Janeiro e depois aos inquisidores daqui de Portugal. Isso foi verdade?

— Foi, sim.

— Santa virgem. E foram distribuídos os folhetos?

— Foram. A muita gente. Não sei o que fizeram com eles. Se vai sobrar algum. Se queimaram todos ao ouvir do escândalo do Parto no Ultramar. Mas tenho um que guardei e trouxe para o senhor, se tiver interesse.

O padre suspirou longamente, em dúvida. Depois, estendeu a mão. Frei João Batista tirou de dentro do bolso um pedaço de papel velho, levemente amassado, que passou ao xota-Diabos. Ele ficou longo tempo a contemplá-lo. O frade viu depois de alguns minutos longos que dois filetes rolavam de seus olhos claros, e calou-se, dando ao padre tempo para se recompor. Seus próprios olhos chegaram a se embaçar também, mas conteve a emoção que o ancião português não possuía forças ou escrúpulos para guardar dentro de si.

Pensou nele tão mais jovem e vigoroso, e, ali, contemplando o folheto da nossa santa Rosa, santa preta africana das terras do Brasil, viu de novo entrando no Recolhimento aquela ex-mulher do fandango, com as folhas da *Sagrada Teologia do Amor de Deus*

Luz Brilhante das Almas Peregrinas nas mãos em que escrevia o que lhe revelava Deus, cujas mil páginas ele lera com tanto gosto, cada uma delas depois queimada pelo padre Agostinho, que Deus o tenha. E depois viu Rosa dançando o batuque no coro da igreja tantas vezes, o xota-Diabos tirando-lhe o Afeto do corpo, e viu a negra profetizando suas visões às recolhidas, que lhe seguiam os ensinamentos como abelhinhas seguiam a abelha-mestra e rainha.

Abelha mestra. Assim era chamada. Pomba Rosa. Por ela, Deus nosso pai havia poupado o mundo de completa destruição. E o que fizeram com a santa? Perseguição, prisão. Sabe-se Deus onde ela estaria agora. Assim foi com os santos de Deus. Mas não com todos os santos, não com todas as santas. Por que Santa Margarida havia ficado tão reconhecida, por que Santa Teresa de Ávila era grande mística, e por que Santa Rosa Egipcíaca teria que ser esquecida, presa, torturada? O frade viu o fio contínuo como água parada na face enrugada do xota-Diabos e lembrou-se de quando aprendera a chorar, em seus primeiros anos de missionário quando fora enviado ao Congo.

O Congo era um lugar perigoso para se perder o juízo, e foi ali que ele foi primeiro declarado louco, e de fato teve alucinações que lhe consumiram a alma, a ponto de ter sido transferido ao Brasil. Lá trabalhara em um arraial empoeirado de São Paulo, mas a loucura do Congo continuava dentro de si e manifestou-se em uma de suas pregações. Foi amarrado, acorrentado, preso por seis meses, como louco declarado. Então, curou-se. E recebeu permissão para praticar seu ministério novamente, com amor e zelo aos pequeninos de Deus. Foi para o Rio de Janeiro, aquele lugar de perdição e pecado, cheio de blasfemos, judeus e prostitutas.

Lá conheceu a Rosa, no morro do Desterro. Ela frequentava

a Igreja de Nossa Senhora da Oliveira. E ali se tornou admirador da beata, ensinando a ela a devoção ao menino Jesus de Porciúncula. Que coisa maravilhosa. Uma santa preta, africana, brasileira, cujas pontas dos cabelos crespos eram queimadas e dadas como remédio aos enfermos, porque o próprio menino Jesus os desembaraçava nas noites silenciosas do Recolhimento. Ex-magdalena, fundadora espiritual do Recolhimento do Parto, mãe de outras perdidas e de novas freirinhas. Guiaria o rebanho do Rio de Janeiro para fora do pecado. E assim ele se alegrou quando foi chamado para fazer o sermão da missa mais importante do Recolhimento, que foi a missa do lançamento de sua pedra fundamental. 1754, três anos apenas depois da chegada da beata Rosa ao Rio de Janeiro, vinda das Gerais. Quanta gente ali. Quanto padre importante. E pensar que o padre Vicente iria anos depois denunciá-la. E denunciá-lo. Vicente nunca gostou dos frades menores. E disse que Rosa era feiticeira. Mentiras. Sabemos quem é o pai da mentira.

— Por favor, peço a unção.

O frade de Capo Fiume acordou do transe, vendo à sua frente o padre Francisco segurando o santinho de Rosa com a oração do rosário de Santana nas mãos e os olhos sequíssimos. Levantou-se, abriu o livro, ministrou a unção dos enfermos. Padre Francisco fechou os olhos, com o santinho agarrado ao peito. E assim ficou, como morto, abraçado àquela última lembrança da santa que renegara. O frade encaminhou-se para a porta. Deixou naquele mesmo dia o padre e a Beira. Nunca mais ouviu falar dele. Nunca mais ouviu falar de Rosa.

****

Dores

Hoje é o quarto domingo da quaresma do ano de 1766 do nosso Senhor, e as recolhidas saímos todas do Recolhimento do Parto em fila indiana, acompanhando a regente Maria Teresa e o frei Alfama em direção à missa na Igreja do Rosário. Corre o dia nove de março, e o tempo está bom, então caminhamos por dez minutos com nossos hábitos marrons e entramos na igreja, recebendo olhares curiosos de toda a gente que passa, porque somos as freirinhas do Parto, e todo mundo ainda comenta do escândalo.

É o domingo das rosas, porque, a cada ano, assim aprendi, nesta data, os cristãos dão-se rosas uns aos outros para comemorar o início da primavera, conforme o costume antigo. E é bonito esse costume, um dos meus preferidos, embora não seja primavera nesta época do ano por aqui. Então, pode parecer estranho um domingo da rosas em março numa terra em que não há rosas portuguesas, mas em todo mês há alguma flor nestes trópicos, então abraçamos o costume dado pela Igreja com o respeito devido, e às vezes até usamos outras flores disponíveis, mas também as rosas que cultivamos.

Mas justamente para este domingo convocaram todos os cristãos de São Sebastião do Rio de Janeiro à Igreja do Rosário, e devemos assistir à missa em algum dos horários e ouvir a sentença do padre Francisco xota-Diabos, preso pela Santa Inquisição há quatro anos e levado há três anos para o Reino. Existe um tempo para casa coisa, diz o Senhor. Mas hoje é o tempo das rosas também. Espero ganhar uma rosa muito vermelha e muito bonita, que vou colocar aos pés dos Sagrados Corações na capela interna do convento de Santo Antônio.

A igreja do Rosário está apinhada de gente, o que chega a ser assustador para quem não está tão acostumada a viver no meio das pessoas. Fixo meu olhar na imagem de Nossa Senhora, com o rosário nas mãos, e sem querer penso no rosário de Santana. Fecho os olhos, com medo de ter revelado a alguém esse meu pensamento, essa lembrança impertinente. Olho em volta de repente, com a ideia estranha de que alguma das minhas companheiras possa ter adivinhado meus pensamentos errados. Mas todas olham o altar, o padre pregador da palavra de Deus, e parecem meditar profundamente os mistérios divinos dos quais eu mesma nunca cheguei a me aproximar de verdade. Embora eu sempre tenha muito bem fingido de tanto tentar.

Há poucas recolhidas neste tempo de agora. Apenas eu e outras quatro irmãzinhas de hábito. A Maria Antônia, que já está de partida marcada para as Gerais, Ana do Coração de Maria, Leandra e Maria Teresa, nossa regente. E o nosso Recolhimento chegou a ter vinte e duas irmãzinhas a um só tempo!

Penso nisso e sinto um aperto no peito, não quero ser a última, não quero ficar sozinha, não sou forte como as místicas da Igreja que em suas solidões tiveram visões abençoadas e se tornaram as maiores santas do mundo. Se eu ficar sozinha, tenho medo de voltar às Gerais e me perder de mim, e não vou mais me saber, e vou me esquecer de onde estou e não saberei de onde eu vim e do que tenho que fazer depois. Então rezo muito para que as outras três irmãzinhas não deixem o Recolhimento.

A irmã Ana do Coração de Jesus retornou há mais de ano ao arraial do padre Faria em Vila Rica, assim como Maria Rosa. As quatro meninas Arvelos foram buscadas pelo pai logo no início do escândalo do Parto. A cozinheira portuguesa irmã Teresinha saiu logo depois, e agora sou eu mesma quem cuido de preparar os alimentos na cozinha com a Maria Antônia, mulata, sobrinha do João Álvares do Rio das Mortes, que logo virá mandar buscá-la de volta, deixando-me sem companheira para amassar o pão, debulhar milho e cozinhar o feijão. A outra portuguesa, a Ana Maria, a mais bonita de todas nós, com aqueles olhos que pareciam contas de um rosário precioso dado pelos anjos e aqueles cabelos da cor do sol, moça portuguesa da Ilha do Faial, saiu antes de toda a desgraça. Por isso, como eu disse, agora somos apenas cinco recolhidas. Cinco mulheres, sendo a madre Maria Teresa a única senhora branca, e que talvez possa sair daqui e ir morar com o cirurgião seu cunhado, se lhe der na gana. Ana do Coração de Maria, que se chamava de Ana Bela quando era meretriz, e mais a Leandra, duas crioulas, não têm para onde voltar. Quem sabe ao meretrício, Deus perdoe este meu pensamento. E eu, Dores. Eu não sei para onde ir, porque um tio meu passou por aqui e depois desistiu de me levar de volta a Congonhas. Meu lugar é aqui. E quase sempre penso que o Recolhimento está fadado à ruína, assim como foi entregue pela maldade dos dias à ruína a Flor ausente nesta missa das rosas.

Madre Rosa era má às vezes. Outras vezes era muito boa e caridosa. Sorria, brincava, dançava até danças indecentes. Mas era o Afeto naquelas vezes em que dava umbigadas e mostrava tanta parte do corpo no coro da Igreja que escandalizava até algumas de nós recolhidas sem costume com aquela dança preta e animada. E depois eu a vi se martirizando em uma quinta-feira santa até suas costas se abrirem e sangrarem muito, porque a fé daquela mãe era tão grande que acho que não soubemos compreender talvez.

Ela sangrou muito antes de receber as cinco chagas. Então, depois, era muito inteligente e sabida. Escrevia maravilhas em um livro muito grosso que eu nunca pude ler, porque eu não era como as meninas Arvelos, e não me era dado esse acesso, porque elas iam precisar daquilo para ajudar na escrita dos Evangelhos das evangelistas da Nova Redenção. E a madre Rosa era rígida quando tinha que ser, ela e o padre castigando à palmatória as pirraças nossas com muitos bolos, tudo pela nossa santificação. Mas depois eu não sabia mais se era tão certo tudo aquilo, porque deixaram a irmãzinha Francisca padecer muito e acabar em pele e osso mendigando migalhas por um ano inteiro no refeitório, e eu sempre me comportei, e o demônio veio em mim pouquíssimas vezes, só nas vezes necessárias para que me amassem ali no meio delas e não me achassem tão calada assim como sei que sou. Mas também esse meu silêncio eu aprendi com a minha mãe: menina, fica quieta e escuta. Quem escuta ganha ideia. Tenho tentado escutar os sinais desta terra há muitos anos, mas eles são muito confusos e desencontrados. Então eu choro. Mas esta missa das rosas este ano tem tanta gente, que não sei contar. E o padre Antonio José está a ler uma fala comprida e enviada do Reino nesta missa, e esse sermão anda tão demorado, e a igreja do Rosário tão cheia e tão silenciosa.

"Maliciosamente iludida, iludiu também o réu."

Eu pensei em voltar, seguindo as meninas Arvelos, quando o pai delas veio buscá-las. Mas entendi que não me queriam levar, e meu pai não me queria lá em Congonhas, não me dava permissão para sair daqui, onde tenho boa educação, para ir para as Gerais, onde muita menina mestiça mameluca anda se perdendo. Faustina está agora já casada, e também a Jacinta, mas eu não sei se arrumaria noivo tão rápido, assim disse meu pai, então fiquei. Minha mãe índia está morta, minha madre preta se foi. Sou eu aqui, com um pai branco que me tenta arrancar os segredos que não sei que tenho e que guardo na alma desde que nasci. Eu tinha que explicar a ele certas coisas de que nunca tive entendimento e nunca soube, e por fim e depois de tanta perguntação eu comecei mesmo a inventar, e peço perdão, porque sei que Lúcifer é o pai da mentira, mas se visse de novo meu pobre pai tropeiro eu inventaria mais mentiras. Porque não sei os segredos que ele pensa que tenho encerrados, e queria tanto agradá-lo, mas não entendi ainda o que eu preciso fazer. Sei que ele desejava que eu fosse mais clarinha, mas eu tentei sempre não tomar muito sol, e a vida no Recolhimento me ajudou nisso também, e acho que até clareei. Sou morena, ele disse ao padre Agostinho logo que cheguei, ouvi quando estava ajoelhada ao lado na capela, e ele nem soube que eu ouvi aquela verdade. Sou morena como todo mundo nascido nestes trópicos pecadores, ainda bem que a visão das almas pretas foi-se embora do meu coração no dia em que me confessei aos pés da madre Rosa, e o menino-Deus há de me lavar em uma água tão pura que ficarei embranquecida.

 A gente às vezes precisava se confessar aos pés negros dela, porque vinha fazendo confissão nula somente ao padre, sem contar todas as coisas do escondido dos pensamentos. E então ela sabia de todos os nossos pecados e de todas as nossas doenças espirituais horrendas. Mas ela já sabia antes, porque o Sagrado Coração revelava tudo àquela santa. Por isso ela pôs a caveira na minha mão e disse que eu estava preta como carvão. Eu, a Faustina e a Maria

Antônia, mulata tão clarinha, agora veja. Porque éramos esposas de Lúcifer às vezes. E isso era quando precisávamos depois jejuar, dobrar os joelhos, confessar aos pés de Rosa.

A vida no Recolhimento tem seus momentos de paz, embora estejamos em guerra constante contra o poder das trevas, mas agora estamos para sempre proibidas de falar nesse assunto. A irmã Maria Teresa prometeu castigar muito bem aquelas que desobedecerem, a irmã Ana do Coração de Maria já levou vinte chibatadas outro dia por causa disso. E ela, logo ela. A preferida da madre Rosa, depois de Leandra. Evangelista do Novo Mistério da Redenção, e agora apanhando desse jeito.

Eu sempre fiquei quieta, então minha pele não tem marcas. É um milagre real, assim me disse a Maria Antônia, porque ela também sempre foi obediente e mesmo assim levou uma surra de chicote do tio uma vez no Rio das Mortes que nunca sarou de verdade. Meu pai nunca levantou a mão para mim, nem minha mãe, que morreu tão cedo, lembro-me pouco daquela mãe tão silenciosa e séria, que olhava de um jeito diferente quando o meu pai estava por perto e me pegava nos braços. Eu queria tanto estar nos braços do meu pai, mas sentia muito medo da minha mãe naquelas horas, que o rosto dela era sério e tão grave que eu descia do colo do meu pai e achava que ela ia me bater depois. Ela nunca me bateu. Mas ficava naquele silêncio continuado, onde eu nunca consegui penetrar. E meu pai falava, mas de coisas que estavam muito além dos nossos corpos e dos nossos sentidos. Nunca tive entendimento das linguagens do meu pai. Nunca tive entendimento dos silêncios da minha mãe.

Minha madre Rosa me acolheu em seu colo preto aqui neste Recolhimento. Sinto sincera falta dela. Mesmo com os jejuns tão severos, com o medo do fim do mundo e das labaredas do purgatório, com as punições fortes que ela deixava a Leandra e a Ana do Coração de Maria aplicarem em todas nós. Mesmo assim. Porque um dia ela me pegou no colo e me disse, com uma voz que parecia vir de outro lugar, minha filha, sua dor é a dor de uma terra violada, seu choro é o choro de um buraco cavado até o abismo, sua ferida é a ferida da Mãe de Deus com o ventre em chamas a ser devorado pelo dragão, seu fardo é pesado, entregue seu coração ao coração de Jesus, e Ele a aliviará.

Aprovou os embustes, fingimentos, hipocrisias de sua orientanda, espalhava revelações prejudiciais ao sossego e quietação pública, e destrutivas dos mistérios da religião...

E então era boa aquela época em que havia ameixas no quintal do Recolhimento, e que a madre mandava colher e fazer doce em dias santos de festa. E a gente também podia comer aquelas frutas nas quartas-feiras e nos domingos, quando havia muitas. E o padre Francisco xota-Diabos gostava tanto da geleia que a irmã Teresinha fazia, que uma vez comeu muito e depois passou mal, e teve que comer um dos biscoitos da madre, e com ele sarou. Pecado da gula, mas Jesus perdoou. Os corações sagrados são a chave para a salvação, porque eles mostram a misericórdia e o amor de Deus, e são seis os corações. Coração de Santana, com uma chama de fogo. Coração de São Joaquim, com uma flor roxa. Coração de São José, com um lírio. Coração de Maria, com uma espada atravessada. Coração de Jesus, com a coroa de Espinhos. E o sexto coração, de que não se pode mais falar. Eu vou dizer. Há uma capela dos Sagrados Corações no convento de Santo Antônio. E ali há uma imagem com três corações, que o padre Agostinho mandou fazer a partir da visão da madre Rosa Maria Egipcíaca de Vera Cruz. O de Maria, o de José e o de Jesus, formando um triângulo da Trindade na Terra. E ninguém mais saberá disso, nem falará nisso. Nem que ela foi regente nossa, nem que ela recolheu as esmolas para a construção daquele Recolhimento onde ainda moro, e não sei até que dia existirão aquelas paredes. Porque tudo isso virou um silêncio grande agora.

Idolatria, heresia formal, práticas religiosas proibidas, charlatanismo, simonia.

Um dia eu ainda vou entender mais do silêncio que engole tudo, porque eu vou me lembrar melhor da minha mãe e conseguir precisar o rosto dela na minha memória. Agora não consigo ainda, e as feições dela me escapam demais. Eu me lembro de peitos, de um vestido e depois de tamancos. Ela não queria aqueles tamancos, mas usava. Ela atirava os tamancos na parede às vezes e gritava, e falava na língua que está no fundo do meu pensamento e da qual me lembro quando quero e me esforço muito. Eu às vezes sonho com essa língua, e minha boca se mexe um pouco, acordo ensopada de suor quando isso acontece, e sinto uma dor de muitos ossos se partindo. Rezo o ato de contrição e um credo. Não gosto de me lembrar, porque aquelas palavras têm muita dor, muito sangue, muita saudade de alguma coisa que não conheço. A minha mãe me disse que o escravo do meu pai era meu tio, mas fingi para meu tio-escravo que ele era só um escravo, porque meu pai não queria tio-escravo, queria escravo ou queria tio branco, e aquele tio era índio e não podia ter nome. Mas eu sabia o nome dele, que era um nome de segredo só falado longe do meu pai e de sua língua mordedora.

Acordam os inquisidores, ordinários e deputados da Santa Inquisição que, vistos estes autos, culpas e confissões do padre Francisco Gonçalves Lopes, presbítero do Hábito de São Pedro, réu preso que presente está. Persuadido da mais culpável desordem de sua violenta paixão, faltando-lhe o conhecimento e luzes necessárias para o bom exercício da grande arte da direção de espírito, tomou sobre seus ombros o peso insuportável de dirigir a uma pessoa sua confessada, que maliciosamente iludida envolveu no mesmo vício ao réu, o que fabricou sua ruína.

Fico com pena dos que se foram cedo demais e não poderão ver ou provar ainda as maravilhas que Deus tem guardado para a nossa geração. Delas, sei muito pouco, porque são mistérios que não posso alcançar. Eu espero que o padre Agostinho tenha ido para o céu, porque ele era bom e ajudava os pobres, apesar de ter gritado tanto naquele dia e queimado tanta página do livro grande e sagrado e revelado. Mas cabe ao leigo o respeito ao sacerdote, e ficamos todas quietas, e madre Rosa ficou expulsa do Recolhimento por oito meses, morando na casa da dona Tecla. Quem obedece nunca erra, e nenhuma de nós nunca levantamos a cabeça para padre nenhum, mesmo se não concordamos, se não entendemos, que nosso entendimento é curto e limitado diante dos mistérios da salvação e da grandeza da Igreja de Jesus.

E essa missa das Rosas é uma coisa interessante. O sermão com as contas do que houve lá em Portugal já foi lido e feito, a leitura da palavra de Deus da liturgia de hoje ouço ser proclamada agora, e tento entender alguma coisa ali que penso que me escapou a vida inteira. Parece incrível como Deus age na providência de tudo, e como o Espírito Santo fez logo hoje ser proclamada essa condenação do padre Francisco, logo no domingo das rosas, e logo no domingo dessa liturgia. Então abro meus ouvidos para ouvir e receber a semente da palavra do Senhor, porque talvez eu precise de entendimento.

> *Está escrito que Abraão teve dois filhos. Um da escrava e outro da mulher livre. O da escrava nasceu segundo a carne, enquanto o da livre nasceu em virtude da promessa. E o que diz a Escritura? Expulsa a escrava e seu filho, porque o filho da escrava não será herdeiro como o filho da livre. Assim também nós, meus irmãos, não somos filhos da escrava, mas da livre, pela liberdade da qual o Senhor nos resgatou.*

Quem escuta ganha ideia.

Ninguém nascido de escravo será livre nesta terra. Ninguém nascido de ventre escuro pode embranquecer a alma nesta terra. Embranquece um pouco por fora e só na casca, se ficar bem escondida no Recolhimento ou na casa do pai, entre as paredes de pedra. Mas não embranquece o suficiente, porque a alma não muda. Nem o formato do seu nariz, a cor e o jeito dos seus cabelos, a negrura dos seus olhos, e logo verão que sua mãe foi escrava, porque até seu jeito de falar te dá a conhecer.

Quem escuta ganha ideia.

Por que os santos doutos desta terra não quiseram orientar madre Rosa mística? Por que o frei Alfama não a dirigiu? Por que nenhum padre jesuíta do tempo em que eram eles os doutos maiores não a moldou na doutrina sem desvio? Por que um daqueles doutores que a examinou primeiro em Vila Rica quando puseram uma vela embaixo da sua língua não a tomou como orientanda espiritual, como São João da Cruz pegou a causa da santidade de Santa Teresa de Ávila? Como ser Teresa de Ávila se não houver São João da Cruz para lhe confessar, dirigir e conter algum desatino da sua alma fraca de mulher? Como poderíamos ter o culto dos Sagrados Corações e as visões e profecias de Santa Margarida de Alacoque sem o padre Claude de la Colombière a lhe moldar na obediência na doutrina? Por que Santa Gertrudes pôde anunciar a verdade do Sagrado Coração de Jesus, pôde dizer que era noiva de Cristo, que tinha casamento com ele, e que rezava e tirava mil almas do purgatório com sua oração, e a Flor do Rio de Janeiro não conseguiu ter tão parecidas visões e profecias e verdades acreditadas ou dirigidas por doutores padres que pudessem moldá-las à sã doutrina? Por que somente padre Francisco, padre Agostinho, padre João Batista, padre Carvalho, tão pobrezinhos e tão simples e desentendidos da doutrina e das teologias propagaram o nome da Flor?

> *Ofereciam-lhe incensos, mandava o réu que se confessassem a ela e lhe tomassem a bênção, porque era a fonte da graça, e em nome dela mandava que os demônios deixassem as criaturas; e escrevendo ela um livro grande, que queimou por ordem de um seu confessor, faziam-se paralelo das virtudes dela com as de Santa Teresa.*

Isso não estou inventando em minha ideia. Eu ouvi o comissário padre Bernardo Vasconcelos falar, lá na capela do Carmo, onde eu me sentei e fiz meu depoimento, bem ao lado do relicário com os fios de cabelo de Nossa Senhora. O padre Bernardo me encarou e falou que os padres Agostinho e Francisco eram tão simplórios e tão ignorantes das doutrinas. Depois ouvi o padre Francisco mesmo falar que era desconhecido das teologias dos doutores que o julgariam. Por que madre Rosa não revelou o mistério grande que Deus soprava no seu coração aos padres doutos e recebeu deles a instrução? Ela era obediente aos sacerdotes e consagrados de Deus, uma beata e temente, cuidadora dos templos desde o Rio das Mortes, arrependida de seus pecados e de sua vida de antes, seguidora de todos os mandamentos da Igreja. Sempre nos ensinou a obediência à madre Igreja. Dizer que tinha o poder de tirar almas do purgatório era heresia, mas Santa Gertrudes não disse que podia arrancar de lá mil almas com sua oração? Mas madre Rosa nomeava quem estava no purgatório, e contou de uma visão em que ela tinha um papel branco nas mãos entre grande multidão com pedaços de papel escritos, e todos seguindo em fila, cada um com seu papel sujo de rabiscos, e somente a madre com seu papel limpo e puro. E depois acordou, e isso foi no dia em que ficara desacordada por mais de quatro horas no coro da capela do Parto. E dissemos que ela havia ido ao juízo final e voltara, e padre Francisco concordava e assim ensinava. Nossa grande intercessora, Mãe da Misericórdia, cujo papel estava branco porque seu coração era puro e trocado com o de Jesus segundo outra visão, e por isso ela podia de novo gerá-lo e remir o mundo, e tirar as almas do purgatório. E então eram pequenas diferenças, mas não podia ser grande o poder de Deus manifestado em Rosa?

> *Ultimamente, depois de outros mais desvarios, a que o réu se persuadiu, mandou fazer um retrato da dita sua confessada, que tinha o Menino Jesus no peito, um rosário em uma mão, e na outra uma cadeia de prata que prendia a uma pessoa, metida e abrasada em chamas.*

E o padre Bernardo me perguntou no meu interrogatório se eu já havia visto o Afeto em madre Rosa, e se achava que era mesmo o demônio, e se achava que madre Rosa gostava daquilo. E eu disse, às vezes acho que é o demônio, e ele anotou minha resposta trêmula com letra firme no seu papel. E então eu respondi de novo, às vezes, acho que é mais, muito mais. Mas essa verdade respondi só no escondido do meu pensamento.

E padre Felipe disse que era embusteira, e padre Vicente disse que era feiticeira além de embusteira, e Feliciano Joaquim nunca acreditou nela, e Pedro Rois Avelar se declarou enganado por ela, e Joana Maria do Rosário disse que ela rodou deitada no chão com um crucifixo com a imagem do Jesus crucificado, e dona Quitéria disse que era uma falsa, e frei Alfama disse que era uma cachorra, e o padre Jaime lá do Inficcionado houve um tempo em que se recusou a recebê-la em confissão e a chamou de impostora.

Mãe Rosa ouviu na masmorra de Mariana, quando esteve presa, "Dispõe-te para padecer pelo meu amor", e, depois do suplício no pelourinho, viu a caminho do morro do Fraga onde nascia milagrosa fonte de Santana um gigante tão feio e tão horrendo, que a perseguia como o mundo que ela deixara para trás.

Eu sei que o mundo não deixará de perseguir os que foram consagrados pelo Cristo. Mas alguma coisa me inquieta demais o coração nessa missa das Rosas, e já sei o que é. Finjo que não sei. Não quero pensar nisso. Mas me incomoda a claridade da ideia, e a questão é que não sei se fui pessoalmente consagrada pelo Cristo ou se somente estou no Recolhimento porque meu pai não me quer por perto, nem tem onde me arrumar casamento onde não serei escrava nesta terra, como minha mãe foi antes de mim.

O que fazia meu pai quando sacudia com tanta força a cabeça dela na cama? Quando perguntava ao índio-tio tudo sobre a vida de antes de sua mulher-escrava com quem dormia todas as noites e que nunca o deixou conhecê-la? Quando queria que usasse os tamancos e pusesse a filha no chão e deixasse que ele ensinasse os costumes civilizados à sua pequena cria? O que fazia quando gritava aquele português endurecido em seus ouvidos, querendo extrair som que não saberia de todo jeito escutar?

Quem escuta ganha ideia, minha filha.

Escute sua mãe. Escute. Ela está longe, e querem que seja esquecida para sempre. Nunca mais seja ouvido o nome dela. Nunca mais seja lembrada. Nunca mais o desvio da norma. O desvio da palavra. O som abusado e indisciplinado. Nunca mais. Esqueça. Esta terra tem crivo largo, falou o padre Bernardo. Passa tudo nesta terra de dores, e é preciso disciplinar. Nesta terra do Brasil é difícil ganhar entendimento quando tudo anda tão misturado.

A missa das Rosas. Que o silêncio cubra de bênçãos os que creem retamente, os que não se afastam da sã doutrina, mas, tementes a Deus, se ajoelham e obedecem. E que seja selado no esquecimento o escândalo do Parto.

A palavra do Senhor.

Demos graças a Deus e glória a vós, Senhor. Pela intercessão de todos os seus santos e de todas as suas santas e seus mártires.

Amém.

*****

No dia doze de outubro do ano de 1771, um perfume de Rosa se espalhou pelo Recolhimento do Parto, onde só moravam três recolhidas dirigidas pela Maria Teresa. Ana do Coração de Maria. Leandra. Dores.

Parecia almíscar, o perfume que as negras couranas usavam na atividade da prostituição, nas Gerais. Mas era cheiro de Rosa.

No dia doze de outubro do ano de 1771, esse cheiro de Rosa-almíscar atravessava as paredes da cozinha da Casa do Rocio em Lisboa, onde jazia um corpo de negra forra de nação courana, falecido de causas naturais. Navegava o cheiro sabe-se em que jangada encantada ou encoberta, entrava pelas paredes sóbrias do Recolhimento pobre do outro lado do Atlântico onde três mulheres insignificantes faziam suas orações matinais. Perfume de Rosa, embora parecesse almíscar.

Nenhuma delas escutou aquele cheiro. Quem escuta ganha ideia, e esse era o tempo depois das ideias, dos cheiros, da escuta e da espera.

Esse era o tempo antes do outro tempo em que o mesmo dia doze de outubro seria consagrado pela Igreja a uma mãe santa e preta, Nossa Senhora Mãe da Justiça e da Misericórdia, primeira e única Mãe de Jesus preta do Brasil. De madre Rosa nunca mais se ouviria falar. Nem do cheiro, nem do nome, nem do batuque, nem da santidade, nem do livro.

Quem escuta ganha ideia.

O amor divino um dia há de voltar e despertar as almas peregrinas com sua luz brilhante e todas as histórias que foram adormecidas no silêncio. Quando pudermos escutar.

Rosa.

****

Esta obra foi composta por Maristela Meneguetti em Arno Pro Light 13, e impressa em papel Pólen 90 na Gráfica PSI7 em São Paulo, em julho de 2024 para a Editora Malê.